揉まれて、ゆるんで、癒されて

今夜もカネで解決だ

ジェーン・スー

朝日文庫

本書は二〇一七年三月、小社より刊行された『今夜もカネで解決だ』を改題し、加筆・修正し、書き下ろしを加えたものです。

はじめに

みなさん、今日もお疲れ様です。

来る日も来る日も一生懸命働いて、美味しいものを食べたり飲んだりする時間も気力も失せた、例えば木曜日の夜。無意識に左手は右手の肩を押し、首を回せば砂が入ったようにシャリシャリと変な音が出る。当然、腰はガッチガチ。

そうだ、マッサージに行こう。

自分で体を動かせば、コリなんて吹っ飛ぶことは百も承知。しかし、そんな自発性は業務中に燃え尽きました。休日だって、家でゆっくり寝ていたい。だったら金で解決だ。

「女のマッサージは男の風俗」などと揶揄（やゆ）する声が、うっすら聞こえなくもありません。有技能者の徹底的なケアをお金で買うことが、風俗のひとつの側面なのだとしたら、「それについては、のちほどゆっくり考えよう」と凝り固まった首をシャリシャリ鳴らしながら、私は地味に頷くしかない。とは言え「男の風俗は女のマッサージ」と居直られたら、腹が立つんですけどね。

パートナーがいようといまいと、施術者が男だろうと女だろうと、誰かに触れてもらえることで癒される体と心がそこにある。そして街にはマッサージ屋があふれている。行くでしょ。行くしかないでしょ。

夜討ち朝駆けの仕事をしていた会社員時代、私はかなりの金額をマッサージに突っ込みました。別の言い方をすれば、忙しすぎてそれ以外にお金を使う機会にあまり恵まれなかった。マッサージでなんとかその日を乗り切って、翌朝からまた戦闘態勢。なんて可哀想だったんだ、あの頃の私。

あれから幾星霜（いくせいそう）、風俗は知らんがマッサージは種類も価格帯も当時とは比べ物にならないほどバリエーションが増えました。しかし、私たちの体はまだまだ凝っている。疲れている。そして相変わらず仕事はぜんぜん終わらない。だから行こう、地上の楽園へ！


体の疲れを横軸に、心の凹みを縦軸にしたマトリックスに自分のコンディションを当てはめて、私は今日も街を彷徨（さまよ）います。時に綺麗なお姉さんにいい匂いのアロマオイルでリンパやら老廃物やらを流してもらい、時にカタコトの日本語で、笑顔のひとつも見せない姑娘（クーニャン）に足の裏をゴリゴリやられる。やられながら、自分のこと、仕事のこと、リラクゼーション業界のこと、いろんなことを考える。思いを脳裏にうっすらメモする。それをまとめたものが本作です。

稼いで、疲れて、使って、稼ぐ。激しい紙幣の出入りが起こす摩擦熱で、財布は今にも火を噴きそう。いや、これでいいのだ。とにかく経済を回し続けよう。

もくじ

第2章　英世と一葉、旅立たせ。　91

第3章　諭吉先生、出番です。　153

揉まれて、ゆるんで、癒されて　今夜もカネで解決だ

第1章　プチプラと私

この安さ、嬉しいけれど後ろめたい。

（40分1980円）

ワンコインでそこそこ食べられる弁当が買えることに、疑問すら抱かなくなって（麻痺して）久しい昨今。マッサージ業界でも、市場の成熟により5年前には考えられなかった低価格の店がそこかしこに誕生しました。

「お客様目線の需要開拓」と言えば聞こえは良く、私もいま20代だったらワーイ！と諸手を挙げて通いつめたであろう低価格マッサージ店。しかし中年にもなると、これまでの相場「10分1000円」を大幅に下回る「40分1980円」の価格を突きつけられた途端、この安さが巡り巡って自分の商売の縮小に繋がりそうで怖くなります。価格差は技術に出るのか、設備に出るのか、怖いけれども行ってみたい。この体で確かめたい。ということで、近所にできた激安マッサージ店に行ってまいりました。

予約もなくフラリ入ると、店内の様子は清潔だがかなり簡素。大きな部屋をカーテンで仕切っただけのブースが10ほどで、それぞれがえらく狭い。施術中に施術者さんが動きづらいからでしょうか、揉まれている間は仕切りカーテンが開いたまま。弛緩した肉体をドベッと晒すお客様の姿が丸見えです。まぁ、こういうところのプライバシーは金で買うものだもんな。

店内設備と施術力が比例していたら、こりゃ期待はできん！　と、着替えの時だけ閉じられる一時しのぎのカーテンを引いてベッドに視線を落とすと、そこにはすでにLサイズの着替え用ジャージがありました。ああ、またか。どの店に行っても感心するけれど、店員さんよ、いつの間に私のサイズを見極めるのかよ。

程なくして、カーテンの外から「よろしいでしょうか？」と鈴を振るような声が聞こえ、ＳＥＫＡＩ ＮＯ ＯＷＡＲＩが好きそうな小柄な少女がブースへ入ってきました。透き通った肌が紅潮しているところを見ると、前の客が終わったばかりですね。すいませんね、今度は地獄の終わりから這い上がってきたような中年女がお相手よ。

「本日、特におつらいところは？」の問いに「頭、肩、首、腰、ふくらはぎ、あとは……」と考えあぐねていると、「全部ですね！」と屈託なくかぶせてくる少女。若いっていいな。

店内には有線から流れるマイケル・ジャクソンのヒール・ザ・ワールド。マイケルよ、今宵は私を癒しておくれ。

それからあっという間の40分。果たして彼女は、私の予想を大きく裏切るダイナミックかつ成熟した技術の持ち主でした。然るべき店でしっかり研修を受けた経験者だと、はっきりわかるレベルです。こんなにお安いのに……。

体は軽くなれど、技術料込みとは思えぬ価格に心が沈みます。職にあぶれた経験者を安く囲うシステムならば、あの子は非正規雇用だろうな。

私が払った1980円のうち、一体いくら彼女の懐に入るのか。一日に何人のお客を取れば、手取りが15万を超えるのか。それとも時給なのか……。帰り道に店の賃料と人件費と客単価など運営システムを試算したら、今度は頭が凝っちゃいました。お安いことそれ自体は、ありがたいんですけどね……。

最後に正論！　（30分3240円）

うー。原稿が終わらない。無い知恵を絞りに絞っても、もう一滴も出てきません。寝不足続きのせいもあり、私の体は頭からつま先までバッキバキであります。むむ、ひとまず小休止を入れないと、こりゃどうにもならん。

唸りながら私が電話を入れたのは、先日南麻布で見つけた指圧院。以前、通りかかった際に立ち寄ったのですが、その日は予約一杯で入れませんでした。こういう商売っ気のなさそうな地元密着型の店ほど、ご近所の常連客で予約が埋まっているんですよね。つまり、技術がある！

今回も当日予約のせいか「30分しか時間取れないよー」とツレない電話の声。とにかく首と肩だけでもなんとかしたかったので、「それでも大丈夫です！」と即答しました。

時間通りに到着すると、イッセー尾形がマッサージ師の形態模写をやったら、こうなるに違いない！　という風貌の、中国人指圧師さんが出迎えてくれました。

「はい、ベッドに横になってー」と言われたものの、どこにも着替えが見当たりません。恐る恐る尋ねると、「そのままでいいよー」とカーテンの向こうからイッセー先生の声がしました。懐かしいですね、着替えなくてもいいお店。そして部屋全体が、友達の実家みたいな匂い。院内は清潔ですが、生活臭のようなものがしっとり漂っています。うん、これはこれで嫌いじゃないよ。

最近は、オペレーションは完璧なれど、ラーメン屋さんに置いてあるような券売機のチケット購入で会計を事前に済ませたり、リラクゼーション目的であることの同意書や、はたまた不具合が出ても責任は取らない誓約書みたいなものにサインさせられたりする店、つまり洗練というより慇懃（いんぎん）無礼に近いマニュアル重視の店が増えるなか、このように野趣あふれる指圧院は貴重です。

私は着の身着のままベッドに横たわり、とりあえず首と肩がつらいと伝えました。すると、イッセー先生はおもむろに私の腰を揉みだします。イ、イタい！　なんで腰から⁉

確実に揉み返しがくるであろう圧で、腰、背中、肩、首をグイグイ押され、痛みに耐える30分。私はさながら、肉体の構造改革のために痛みに耐えてよく頑張った横綱といったところでしょうか。嗚呼（ああ）、例えが古臭くて泣けてきます。

たった30分ですので、劇的な変化は望めませんでした。が、来院前よりは少し首が回るようになりました。不思議。主に揉まれたのは腰なのに！

お会計は3240円。慢性的な凝りを借金に例えるなら、利息だけでも払い終えた気分です。

待ち合いで出された中国茶を飲んでいると、次の予約客のためにベッドを整え終えたイッセー先生がやってきてこう言いました。「全身運動して。走る。指圧じゃどうにもならないよ、あなたのコリ」。

うわ、最後に正論きた。もうちょっとだけ、商売っ気出してよ。また来るからさ。

保険対象か否か、それが問題だ。（1時間2100円）

毎週毎週、よくも飽きずに体の不具合が出るなと思います。今度はぎっくり背中をやりました。そんな呼称、あるのか知りませんけれども。

仕事中、なにかの拍子に背中をピキーッとやってしまって以来、腰はもちろん首や肩を傾けるだけでも激痛が走ります。ロボットのような動きを見かねた友人が鍼灸整骨院を勧めてくれたので、「あわよくば保険対象に……」と淡い期待を抱きながら、近所の商店街にある整骨院のドアを叩きました。

中年ロボットこと私を迎えてくれたのは、同世代とおぼしき男性の先生。こちらの邪な念を感じ取ったのか、丁寧な問診のあとすぐ「それでは、整骨院における保険対象と、自費治療の違いをご説明いたします」と微笑みで制されました。

師、曰く。保険対象になるのは、外傷を伴う捻挫、骨折、脱きゅう、打ち身などに限るそう。なにかの拍子に背中が痛むように……というような、ボンヤリ症状には適用されないのだとか。ガッカリ！

「最近、審査が厳しくなってるんでね、すみませんね」と苦笑いの先生。いや、いいんですよ。悪いのは私の方です。聞けば、保険で受診すると後で管轄から患者宛にアンケートがきて、その回答内容と整骨院の保険申請内容に相違があると保険が下りないこともあるそう。社会保障費の増大が問題になっている昨今、私のような者にも適用されると期待したのが間違いでした。「整形外科のようにレントゲンが撮れるわけでもなし、かたやリラクゼーションサロンは増える一方、整骨院もなかなか厳しくて……」と先生は少しだけ声を曇らせました。なるほど、どこも大変なんだなぁ。

施術ブースに入ると、先生は私の背中に吸盤をペタペタとくっつけました。横には見慣れぬ大きな機械。吸盤はそこから出た線に繋がっています。まずは電気を流すのだそうで、リラクゼーションサロンでは行われない施術を新鮮に感じました。ビリビリと電気をかけられ寝そべっていると「階段でスッ転んだんじゃ！」「体育で捻挫しました！」と、整骨院にくるべき老人や学生が次から次へとやってきました。なんだ、需要はそこそこあるんじゃない。

電流のあとは20分と短いながらも丁寧なマッサージを施されました。圧の力強さだけでなく、筋肉を摑んでしっかり動かす。これが最高に気持ちいい！　金は払うからもっと長時間やってくれと、懇願したくなるクオリティーでした。

問診と説明と施術、合わせて1時間でお値段たったの2100円！　つまり初診料だけ。そもそも、10分単位で値段を区切るという概念が、整骨院にはあんまりないのかも。

おかげ様でぎっくり背中はすっかり良くなり、痛いときはここだな、と新たな船着き場を見つけた私は喜びに浸りました。

老けは夕方の後ろ姿に現れる

（30分3000円）

「洗髪には体力を要する」と私が感じるようになったのは、40歳を過ぎてからです。みなさんはいかがでしょう。ちょっと風邪っぽいとき、睡眠不足の朝、両腕を頭の上に持っていくのさえ、私は面倒臭く感じます。

残念なことに、中年の清潔感は男女問わず頭皮に出ます。特に自分では見えない後ろ姿に要注意。夕方以降の電車に乗ると、べっとりとした男性の髪、パサついてまとまりのない女性の髪が目に付きますね。中年の老けは17時からの頭髪に現れるのです。

などと偉そうなことを言いながら、今朝は頭を洗い忘れました。正確に言えば、疲れがたたって洗えなかった。誰にでもそういう朝はあるでしょう。電車で見たあの人もこの人も、もしかしたらそうだったのかも。

しかし、感傷的になっている暇はありません。なぜって、今夜は仕事の会食があるのです。なのに、頭はボッサボサ。頭皮もカチカチで顔色がドヨーン。かと言って2時間はかかるヘッドスパや、シャンプー&ブロウで1時間強を要する美容院に行く時間もない。さて、どうしたものか。

東京はいい街ですね。どんなときでも、文字通り痒いところに手が届くサービスが必ず存在する。今回はヘッドスパより安く早く、美容院ほどのコミュニケーションもない、強いて言うなら最高のシャンプー屋さんに行ってきました。

リーズナブルな楽園は、赤坂にある昭和丸出しな雑居ビルの2階にあります。最低限の装飾が施された店内に、シャンプー台3台と、椅子と鏡が3セット。人に洗ってもらって、自分で乾かす。だから安い！　なんと賢いシステム！

洗髪だけなら1000円台からです。私は30分3000円（税抜）のシャンプー&マッサージをチョイスしました。まずは牛めしの松屋と同種の券売機で、チケットを購入します。雰囲気もへったくれもありませんが、安いんだから文句は言うまい。

予約せずに入れたものの、店内には既に2〜3人の客がおり、ひとり終われば次が入店してきます。どうやらそこそこ繁盛している様子です。来客者の世代は40歳前後。男女比はほぼ同率。女性がやや多いぐらいでしょうか。

シャンプー台に寝そべり、まずはスーッとするクレンジング剤で頭皮の汚れを落としながらのグイグイマッサージ。首の後ろに置かれた蒸しタオルの温かさと、ヒンヤリ頭皮のマリアージュに滴る涎を堪えたら、次は本格的な洗髪です。頭を横に倒し、側頭部までガッシガシと洗ってくれます。これがすこぶる快感。美容院より細かくて、ヘッドスパより力強い。お痒いところはまったく残ってございません！　最高！

洗髪の前後にはマイクロスコープでの頭皮チェックもあり、視覚的な変化を実感できます。そのあとは5分ほどのマッサージを受け、セルフブロウ。肩が軽いから乾かすのも楽！

お陰で私の見た目はかなりマシになりました。髪のツヤがあるだけで活き活きしているように見えるものなのだな。

管理職のみなさん、大事な会議の前にもオススメです。疲れた人には見えなくなりますよ。

観光地には観光地の流儀がある

（35分2750円）


「すごくありがたいんですけども、5時間となるとさすがに疲れちゃって……」

「それは大変でしたね。足パンパンですもの」

隣のブースから漏れてきたのは、若い女性と施術者さんの話し声。5時間も？　いったいなにを？

ここは浅草。世界に誇る観光地。たまには旅行気分に浸りたいと、やめときゃいいのに30度を超える真夏日にこの街を歩き回りました。いやー楽しかった。しかし暑さと疲労で私の足もパンパンになりまして、これはひと揉みされないと帰れません。はて、このあたりに揉み処はあるのだろうか？　皆目見当も付きません。こういう時はネットです。私はおとなしく喫茶店に入り、現在地からリラクゼーションサロンが探せるスマホのアプリ（超便利！）で仲見世通りそばの足裏マッサージ店を見つけ、早速予約しました。

ウッディーな内装の店内は明るく清潔。「こんにちは～」と明るく迎えてくれた30代前半とおぼしき爽やか青年から、顧客管理用の個人情報を記入する用紙を渡されました。ハイハイいつものやつね、また会員証が増えちゃうわね……とペンを片手に用紙を覗き込んでびっくり。なにこれ！　こんなの初めて見た！

ほとんどのマッサージ店で記入させられるこの用紙、大抵の項目は住所、年齢、電話、メールアドレス、店を知ったきっかけ、不具合の箇所、などなどなど。しかし、こちらのお店のそれは、住所欄が「台東区、荒川区にお住まいの方」と「そうでない方」に分かれています。そして、台東区と荒川区以外の人には、都道府県以上の情報を書き込む欄がありません。なるほど！　私は膝を打ちました。

繰り返しになりますが、浅草は世界に誇る観光地です。私がこの店を訪れたように、近隣以外からいらっしゃるお客様が格段に多いのでしょう。遠方からの訪問者に会員券を発行したりDMを送ったりしたところで、再訪の可能性は著しく低い。よって、浅草のある台東区と隣の荒川区の住民だけに詳細な住所を記入してもらう。近所で働く別の区民ならば、施術中にそんな話にもなるだろうし、個別対応可能です。無駄がない！

施術者さんに伺ったところ、やはりお客様の半分が観光客とのこと。私の前にマッサージした人は北海道からで、昨日はフランスからのお客様も。海外の方は欧米のお客様が多く、中国や韓国のお客様はほぼゼロだそうです。そりゃそうだ、国に帰れば同じサービスがあるもんね。

冒頭の女性は、なんと人力車の女性車夫だそうです。なるほど、浅草ならでは。それにしても5時間も人力車を引くなんて、いやはや大変なお仕事だ。

35分2750円の足裏マッサージ、技術はピカイチでした。むしろ私の住所を聞いてくれ！と懇願し、無理言って会員券を作ってもらっちゃいましたよ。

パイセンを見習え！（取材のため自腹切らず）

作家の甘糟りり子さんと仲良くしていただいております。書き手として30年弱のキャリアを持つ甘糟パイセン（先輩）、若輩者の私をなにかと気にかけてくださり、ありがたい気持ちでいっぱいです。

未婚、子ナシ、フリーランスの宵っ張り。私たちは模範的とは言えない、よく言えばニュータイプの中年女です。私は甘糟さんの10歳年下ですが、人生を楽しむパワーは彼女のほうがずっと上。ご自身の振る舞いを「バブルの名残」と自嘲されますが、なにをおっしゃる、新しいものへの探究心が旺盛で、「フリースタイルダンジョン」は見るわ（夜更かし！）、「サカナクションはシングルのカップリング曲のほうがグルーヴィーで気に入ってるの！」とLINEで教えてくれるわ、現行のカルチャーシーンにも私よりずっと詳しい。そして、それは常にアップデートされています。自分の過ごした「良い時代」で止まってはいないのです。よく観察すると、時代が止まったままのバブル世代の人、あんまりいませんよね。みんな新しいものが大好き！　加えてとにかくポジティブ。なにごとにも悲観的になりがちな就職氷河期世代の私とは大違いで、そのおおらかさにいつも救われます。

以前、AERAの未婚中年企画でご一緒させていただいた時のことです。私たちはまず、キックボクシングの体験レッスンへ向かいました。これが想像を絶するハードなもので、1分ミット打ち、1分腕立て伏せ、1分踏み台昇降のサーキットトレーニングを繰り返し、意識は朦朧。「ちょっと休憩させてください……」と倒れ込む私に反して、甘糟さんは鬼コーチの掛け声に合わせて動く動く！　独身たるもの、体力が資本と痛感した夜でした。

そのあと足つぼマッサージへ行ったのは、翌日以降の筋肉痛に備えてのこと。「さあ、疲れた体を癒してちょうだい！」と、2人並んでリクライニングシートへ腰掛けます。担当してくれたのは熟練の中国人マッサージ師たち。期待に胸が高鳴りましたが、始まって5分と経たないうちにギャー！　と揃って声を上げることになりました。特に痛かったツボは、足の人差し指と中指の付け根、小指の付け根よりやや下の側面。なにがショックって、これらの反射区は目・肩だそうで、つまりは座りっぱなしで一日中コンピューターに向かい文字を打っているのが原因だってことです。職業病です。苛烈な運動で全身のコリがほぐれたと思っていたけれど、45分の体験レッスンで慢性的な不調は解消されず。なにごとも一朝一夕には解決しないものですね。

にもかかわらず腹だけは一丁前に空くもので、そのあと行ったレストランでは確実に消費を上回るカロリーを摂取しました。美味しいはいつだって正義です。ワーッと運動して、慢性肩凝りになるまでぎゅうぎゅう働き、疲れたーとお金を使う。これこそが、モリモリ食べる。財布もエネルギーも、出し入れの摩擦熱が過剰。これこそが、中年独身女特有なのかもしれません。いや、私と遊んでくれる未婚のプロの特徴でしょうか。

鎌倉で凛と暮らす甘糟さんと私を一緒にしたら申し訳ないけれど、先輩が楽しそうに暮らしているのが、私にとってはなによりの励み。未来が明るく思えるというものです。

忙しくて欲張りな女を狙い撃ち（プレゼント！）

いつもお世話になっているパイセンが、講談社エッセイ賞のお祝いにとトータルビューティーサロンのスパチケットをプレゼントしてくれました。場所は六本木のミッドタウン内。お、常々行きたいと思いながら「私なんぞが……」と尻込みしていた話題のお店ではないか。

ある日彗星（すいせい）のごとく現れたように見えたこのお店、実は数年前に大規模なリブランディングを敢行した既存のお店です。以前はハイブロウな美容院＋ネイルサロンといったイメージで、私も広尾店でカットをお願いしたことがありました。とても丁寧で好印象だったことは覚えているけれど、いまほどハッキリしたブランドカラーはなかったような。それがあっという間に、都会の女性が一目置く総合ビューティーサロンに急成長し、名前を言えば「ああ、あそこね」とわかる人がグッと増えた。オリジナルのネイルオイルも有名ですね。プレゼントにもちょうどいいんだ、コレが。

どうやったらこんな鮮やかに変身できるのか。どうやって既存サービスを交通整理し、ブランド力を付けられたのか。私はそれが気になって、改革を担った副社長の講演を聞きに某展示会へ忍び込んだこともあります。結局、定員オーバーで聞けなかったのですが。

さて、藪の周りを叩いてばかりでは真実にたどり着けません。満を持して、私が体験するのです。今回はプレートで圧を加えるカッサを使ったヘッドマッサージとシャンプー&ブロウのコース、その名もKASSA　MASSAを選びました。

店内に一歩足を踏み入れると、どこもかしこもオシャレな店員さんとセレブ風のお客さんばかり。「ううう、やはり私なんぞが……」と一瞬胃が痛くなりましたが、KASSA　MASSA用の部屋は静かで薄暗く、落ち着いた雰囲気でホッと一安心。ガウンに着替えてカウンセリングからスタートです。

いくつかの質問に答えたあとヘッドセラピー専用のシャンプー台に横たわり、まずはSHIGETAのオイルで首筋と顔の輪郭を軽くマッサージ。なにこれめちゃくちゃいい匂い！　次はデコルテのリンパを刺激し、首筋と頭部をカッサで優しく……ああああ気持ちいいいいと、不覚にもここで轟沈。寝不足でもなかったのに、深く寝落ちしました。

目覚めるとマッサージは終了しており、洗髪のあとブロウドライ。初回なのでハンドマッサージも無料でした。鏡に映る私の顔は明らかに締まっているし、ゴリゴリだった耳の下のリンパもスッキリ。頭皮から引き上げると、こんなにも変わるのね。というか、これが私の本来の顔なのね。

技術もサービスもホスピタリティーにあふれ、かつ「欲しい」と思わせるオリジナル商品と、ライフスタイルまで提案するカフェも併設。とことん考えられているなぁと唸るしかありません。ブランディングって、「顧客へのメッセージをどれだけ誠実に伝えられるか」にかかってますよね。

ターゲットは「忙しくてめんどくさがりで欲張りな女性」とのことで、そりゃあ私も射貫かれるワケだと大きく膝を打ち、ついでにSHIGETAのオイルも買って（客単価アップ！）、店を後にしました。パイセンありがとう。いろいろ勉強になりました。

なんでそこで笑うかなぁー（30分3000円）

暑い。とにかく蒸し暑い。ぬぐってもぬぐっても首筋に垂れる汗にゲンナリです。

以前ご紹介した赤坂の某シャンプー店に、7月から9月までの季節限定「頭皮氷結シャンプー」があります。ミントの効いたシャンプーで、洗髪中に粉砕した氷を頭皮に当てて冷やすとか。なんてハードコアな施術なんだ。直情的過ぎやしないか。

勇気が足りずトライしていなかったこのメニュー、酷暑のいまこそ試すべしと、ラジオ生放送前にお店へ立ち寄りました。店員さんによると、頭皮につける氷は家庭用カキ氷の機械で作るのだとか。「え、それって冷たいものを食べた時の頭痛がダイレクトにくるのでは……」と不安がよぎりますが、私は大人なので顔には出しません。平常心を装い普段の通りシャンプー台に横たわり、まずはしっかり洗髪。そしていよいよ頭皮にカキ氷の刑です。緊張します。

ファサッ
ん？　予想と違う。ジャリッとした氷でヒヤッと心臓が縮こまるかと思いきや、頭皮に当てられた施術者さんの両手いっぱいの氷は、とても繊細。フワッと当てられたそばから頭の熱でスッと溶けていきます。何度か繰り返すうちにキュッと毛穴が締まってくるような感覚も清々しく、これは爽快以外のなにものでもありません。「こんな快感を中年になってから覚えてしまって、私はこの先大丈夫だろうか?」とやや心配になるほどです。この夏は足繁く通い、冬季限定の「熱湯シャンプー」(なにそれ……)にもチャレンジするぞ! と心に決めたところで施術者さんから衝撃の事実が告げられます。なんとこのお店、8月いっぱいで閉店だそうで。ガーン。

冷え冷え頭皮でしょんぼりしておりましたら、隣のブースから男性客と女性施術者の声が漏れてきました。親しげな会話から察するに、常連客でしょう。

女性施術者の「手荒れがひどいので、次の仕事は内勤の事務にする予定です」という声に続き、男性客のアハハという笑い声が聞こえました。え、そこで笑う? 私はイラッと頭を隣のブースに向けます。その笑いには「手荒れぐらいで職種を変えるなんて!」というニュアンスが含まれていたように聞こえました。女性施術者の「面白い話でしたか?」と若干語気が強まった返答に胸が痛みます。

あくまで私の想像ですが、例えば建設業に従事していた人が「腰を痛めたので仕事を変える」と言ったら、この男性が同じように笑ったとは思えません。「お大事に」の一言さえ出そうです。毎日何人もの頭を洗い、洗剤と摩擦で指の皮が剝け、それでも人様の頭を洗う。そりゃ死にはしないだろうけど、かなりの痛みを伴うことは想像に難くない。職業病に貴賤なしですよ。貴殿には想像力がないのか？　散々癒してもらって、その態度はなんだ！

冷えたばかりの頭に血が上ってしまったけど、メニューは絶品。どこか他のお店が引き継いでくれないかしら。

女には痩せて見えねばならぬ日がある

（プレゼント！）

女には、一日で痩せなければならない日というものが、ある。

一日で痩せることなど物理的には不可能なので、正確に言えば「一日で痩せたように見えなければならぬ日」ということ。私にとってそれは、講談社エッセイ賞授賞式の日でした。

受賞のお知らせから式典までは、2カ月ほどありました。その間に少しずつ痩せればよかったのですが、ごはんって本当に美味しいですね。結果は察してください。

焦った私は、とある女友達に連絡しました。彼女は私が新卒で入社したレコード会社の元同僚です。当時は二人とも宣伝に携わっていましたが、約20年の間にお互い転職を繰り返し、彼女はリンパドレナージュをメインにしたリラクゼーションの施術を、私は文章を書いたりラジオでしゃべったりを生業（なりわい）にして食べています。お互い節操のない異業種転職を繰り返して、ここにたどりつきました。

彼女に連絡を取ったのは、その技術力を頼ってのこと。この女は、体の浮腫（むく）みをスッキリさせることにおいてとんでもない技術を持っています。中年女がたった一日で痩せ詐欺をはたらくには、首から上をスッキリさせるのが最も効果的。さあ、盛大に魔法を掛けてもらおうではありませんか！

授賞式当日の朝、彼女に仕事場まで出張してもらいました。本格的なヘッドマッサージの講習に長く通っているとは聞いていましたが、授業料は60万円近くしたと、この日初めて聞きました。その甲斐あってか、彼女の技術には一層の磨きがかかっていました。普段は決して派手な暮らしをしないのに、自己投資にはケチケチしないところが尊敬に値します。中年女はこれくらい大胆でないと。

結果、1時間のマッサージで顔面のたるみは解消され、フェイスラインがくっきり。目の位置も上がっており、いつもの寝ぼけ眼（まなこ）がパチッと音を立てるように開いている。丁寧なマッサージで首がグイッと長くなり、盛り上がっていた背中の肉までスッキリ！　こりゃ3キロは軽そうに見えます。天才！

お支払いをと財布に手を伸ばしたら「受賞おめでとう！　これはプレゼント」と菩薩のように微笑む彼女。私は女友達に恵まれています。

マッサージ中、私は彼女に尋ねました。なぜこの仕事を極めようとしているのか、と。彼女は言いました。「こんなにわかりやすく人に喜んでもらえる仕事は、なかなかないよ」。

なるほど。施術を受ける側のことばかり考えていたけれど、施術する側も喜びをもらっているのですね。それを聞いて、ちょっとホッとしました。私の凝り切った体が、施術者さんにやり甲斐を与えていることがあるのかもしれません。

私も彼女も、自分がダイレクトに手を動かした分しか報酬が発生しないリスキーな仕事に携わっています。それでも、お金以外に手に入る喜びがなにものにも代えがたいのはよくわかる。

お互い、良い仕事に巡り合えたのはツイてるとしか言いようがありません。顔が垂れるまで働いたら、また君を頼るとしよう。

魔法の言葉はホットストン

（70分４９８０円）

気品あふれる街、銀座。次の予定まで2時間ほど暇ができた夜。うむ、これだけ時間があれば、重だるくなった体を誰かにどうにかしてもらえます。外気の熱で汗をかき、通勤電車の冷房でグッと冷やされ、仕事場までの道のりでまた汗をかく。こんな毎日では、体調不良にならない方がおかしいというものです。私は早速、スマホのマッサージ検索アプリで近場の店を探しました。できればホットストーンを使って、冷えた体の芯を温めつつグリグリ押してもらいたい気分です。さて、希望通りの店は見つかるでしょうか？

ホットストーンとは、足の指に挟める程度から手のひらサイズまでの丸っこい石をじっくり温めたもの。凝った部位はたいてい冷えていますから、石の重さが熱を伴い皮膚に置かれるだけで大変気持ちがよろしい。リラクゼーション作用抜群です。海外の高級スパでは、定番のメニューだそうです。

「でも、銀座でホットストーンマッサージなんて、お高いんでしょう？」そう思った方に、私はかぶりをブンブン振りながらお伝えしたいことがあります。すべての道は

「凝りほぐし」という名のローマに続くもの。そこには必ず抜け道がある。そう、銀座にも。

早速見つけたお店、洒落た店名は高級スパを連想させましたが、施術名と価格を見て私はニヤリと悪い顔になりました。

ホットストン+アロマリンパ　70分4980円！

どーん！　安い！　ポイントは「ホットストン」。「ホットストーン」の音引きを忘れている点、そしてこの価格設定。このふたつが私に示唆するものは、簡素な店内と無愛想気味な接客をさっぴいても有り余る完璧な技術＝チャイナマッサージです。私の大好物です。口コミにも「雰囲気イマイチ、技術最高！　リピート決定！」の言葉が並びます。同志たちの雄叫びが聞こえてくるようです。

事実、施術の丁寧さはほかに類を見ないレベルでした。この手のメニュー、客単価を上げるためか足裏マッサージは含まれないのが私の知る限り通例ですが、ここはちゃんと足裏までやってくれました。

担当してくれたお嬢さんは無愛想極まりなかったものの、70分一切手を抜かず、頭から足先までびっちり押し揉み。私の体に全神経を集中していることが、彼女の持つホットストンから伝わってくるようでした。嬉しいねえ。見知らぬ誰かに体を大事にしてもらうと、心の凝りもほぐれていくよ。あ、枕に涎のシミが。私もリピート大決定です。

施術が終わり、お茶を出してくれた無愛想なお嬢さん。「とても気持ち良かったのでまた来ます」と伝えると、彼女は下を向き、はにかみながら頷いてくれました。次回もこの人だといいな。

自前ケアでは埋められないなにかについて（60分0円）

ハァ～ ようやく金曜の夜にたどりつきました。濁流に飲み込まれるような平日が終わり、やっと一息。いえ、土曜日にもラジオの仕事があるのですが、ひとまずプハーッと水面から顔を出した気分です。40代は働き盛りとはよく言ったもので、次から次へとやることが出てくるんだから困ったものです。仕事があるだけよしとしなければいけない時代なのかもしれませんが、疲れるものは疲れる。

ですが、なんでしょうね、30代の頃とは体力が大幅に異なるので、その疲れがいつまで経っても抜けないのです。だのに、今週はどうやってもマッサージに行く時間が取れませんでした。その分、肩も首もガッチガチ。仕方ない、自分でどうにかするか。

そんな時、私はYouTubeに頼ります。「マッサージ」だけで検索してしまうとエロ気味な動画ばかりがヒットしてしまうので、「肩こり」で検索するのがミソ。すると、全国の整体師が惜しげもなくオリジナルの技術を動画で公開しているのです。「30秒で肩こり解消」「肩甲骨はがし」といった、センセーショナルな言葉が画面に並びます。

最初に試したのは「さとう式リンパケア」でした。私が見た動画によると、まず、肩甲骨の下に四つ折りにしたバスタオルを置きます。次に、タオルを置いた側の腕を、肘を90度曲げた状態で上げておくだけ。これだけで肩こりが劇的に緩和するらしいのですよ。動画に出てくる女の子がなかなか可愛らしく、肩のハリが消えて驚くその顔も、通販番組の「なんでも落ちる洗剤」に驚くモニターさんみたいで楽しめます。この方法、私にもそこそこ効きました。

次は「首こり」で検索しましょう。すると、ヨガの先生が教えるストレッチがヒットしました。1分半程度の動画なので、せっかちな私でもイライラせずにできます。ヨガ動画は先生のスタイルの良さに打ちのめされる副作用付きですが、背に腹は代えられません。と言うか、背と腹に肉が付きすぎて、先生と同じポーズがいまいち取れない。はい、次。

全身を伸ばしたい衝動に駆られたら「ストレッチ」で検索です。びっくりするほど大量のストレッチ動画が出てきますので、お好みのものを見つけ、スマホを床に置いて試してみます。そうやって次から次へと関連動画を見ていると、小一時間くらいはあっという間に過ぎてしまう。お陰様で体のダルみはかなり取れました。

ここでふと、私はふたつのことに気付くわけです。ひとつ、全身の滞りは自分で体を動かせば緩和できること。ふたつ、心身の疲れを癒すためには、自分以外の人の手が必要なこと。体は多少楽にはなっても、なんだか物足りないのはそのせいでしょう。「人の手」だけが持つ魅力とは、こちらの体を気に掛け、改善のため力を尽くす施術者の気持ちに宿るのだと私は信じています。

いま興味津々なのは「インド人のヘッドマッサージ」。この言葉で検索してみてください。人の手が持つ魅力の臨界点が垣間見られます。

真夏のヒノキは鰹節　（10分３３０円）

8月某日、午後3時の西麻布。外の気温は32度を超えています。紛うことなき真夏日に、私は某マンションの一室でおがくずに首まで埋まっておりました。なにか悪事を働いて、罰を受けているわけではありません。ヒノキの酵素風呂に浸かっているのです。冷房疲れを金で解決しにきたというわけです。ヒノキ酵素風呂とは、巨大な浴槽にびっしり詰まったヒノキのおがくずに身を埋める入浴方法。砂風呂と同様の民間温熱療法ですね。体温が1度下がるだけで免疫力が低下すると言われておりますので、夏バテ解消にはぴったりではないでしょうか。

このお店のヒノキ酵素風呂には複数の薬草から作った酵素がおがくずにまぶされており、自然発酵による熱を発しています。その温度は約70度。おがくずの熱伝導率はそんなによろしくないようで、体感としては40度程度になります。おがくずの熱伝導率はハワイをモチーフにしたとおぼしきインテリアの明るいフロントルームとは打って変わり、おがくず風呂のある20畳ほどの部屋はグッと薄暗い。そこはヒノキの香りと、鰹節のような香りが混ざった独自の熱気に包まれておりました。

メイクを落とし、カーテンで仕切られた巨大な浴槽に紙パンツ一丁で横になります。「おがくずの中でほぼ全裸」という非日常に、思わず噴き出しそうになるのを堪えます。美の探求は、いつだって大笑いと背中合わせ。ここで正気に戻ったら負けです。

胸や腹などをおがくずで隠したら、カーテンの外にいるお店の人に声をかけます。そこからは、お店の人がこれでもかとおがくずを体の上に乗せていきます。どこにどうおがくずを掛ければ理想的に体が埋まるかハッキリと決まっているようで、その動きは前衛的な創作ダンスのようにも見える。手際の良さに圧倒されます。笑ってはいけない。

仕切りの向こう側にいる女性客のキンキン声が少しだけ癇に障りましたが、それ以外は鰹節臭も含めてまぁまぁ快適。たったの10分で、全身にぴっちりおがくずが吸着するほど汗をかきました。

「体についたおがくずが落ちないように、浴槽の外へ出てきてください」と声を掛けられ、謎がひとつ解けました。この手の入浴法は、たくさんの人の汗を吸収したおがくずにまみれるから不潔なのでは？　と常々思っておりましたが、汗を吸ったおがくずは皮膚が見えなくなるほど体にしっかり密着しているので、浴槽にはそれほど残らない。毎度すべてのおがくずを入れ替えなくてもある程度の清潔さは保たれるのでしょう。内部は70度まで温まっているので雑菌も繁殖しづらいでしょうし。

内側から体が温まって良い気持ちではありましたが、雷に打たれるような衝撃はなし。お値段も10分3300円（初回）と決して安くはない。しかし、平日にもかかわらず、常連とおぼしきお客さんがひっきりなしに来店していました。しかもみんなモデル体型の美人ばかり！　いやぁ、謎が多いぞ酵素風呂。続けたらなにか変わるのかしら。

痛みと笑いの先に、首長小顔が待っている。

（60分４９８０円）

仕事終わりの23時。鏡に映った私の顔は、浮腫みとくすみでひどいことになっていました。まるで粘土人間！　早く寝ればいいのはわかっているけれど、いますぐどうにかしないと気が済まない。

この時間から頼りにできるのは、アジア系マッサージ店です。今回は、渋谷道玄坂に朝まで営業中のお店を見つけたので行ってきました。

フェイシャルを専門にしていないアジア系マッサージ店で「小顔コース」を選ぶには少し勇気が必要です。リーズナブルな価格に見合うプチプラ基礎化粧品が使われがちなのと、本来なら魅力である大胆かつ大雑把な施術が、フェイシャルでは仇（あだ）になる場合もあるからです。しかし、今日の私は首から上をどうにかしたい。迷わず小顔コースを選びました。

担当は、笑顔が可愛らしいアラフィフの中国人女性。期待通りの大雑把スタイルで、口にクレンジングクリームが入りそうになりながらも、無事メイク落とし完了です。

老廃物が排出されやすい方向なんてお構いなしのグイグイ顔面マッサージの痛みに

耐えたあとは、首マッサージ。施術者さんは手にクリームをたっぷりつけ、デコルテに向けて私の首筋をしごきます。その時です。それまで愛くるしい声でしゃべっていた彼女が、突然私の耳元で「かたい……かたい……」と囁き始めました。私の首がガチガチで驚いたようです。

「固いですよねー」と同調すると、彼女はグイと一層力を込めてきました。「グエ！」とアヒルのような声を出す私。「痛い？」と尋ねる施術者さん。「はい、痛いです」と弱々しく答えると、彼女はひとこと「我慢して」と言い放つのみ。その後も手を休めることなく、親指で上から下へ、下から上へと首の腱をしごき続けます。その間も耳元で「かたい……かたい……」が続き、あまりの囁き女将っぷりに、痛みに悶えながら笑いを堪えるのが大変でした。

そうかと思えば、お客さんが入店するたび私の頭上で「いらっしゃいませー！」と大声を出す。その度ビクーッと驚く私。そのあとはすぐに「かたい……かたい……」に戻ります。もうコントです。

顔をグイグイ、首筋をグリグリ、デコルテをザザザーッと大雑把に流して60分4980円。「電車まだある？」と心配してくれる優しさ含め、私はアリだと思いました。無愛想でも大雑把でも、効果が感じられるだけでなくちょっとした気遣いがマニュアルチックでなく優しいんですよね、アジア系の施術者さんたちは。

会計を済ませ帰ろうとしたら、先程の施術者さんが私を呼び止めました。

「私、5番。今度また予約よろしくお願いします！」

一瞬なんのことかわかりませんでしたが、どうやらアジア系にしては珍しく指名を採る店のようです。客が施術者さんの名前を覚えられないと思っているのか、名前の代わりに施術者さんごとに番号が付けられている。番号って……。一気に気分が沈みます。

経営者さん、そういうところはちゃんとして。こっちも名前は覚えるって。会員券に書いてくれたっていいんだし。申し訳ない気持ちでいっぱいになりましたが、感傷的になっているのは私だけかもしれません。異国で働く彼女は、私よりずっとたくましいのかも。

二穴を温めずんば健康を得ず

（30分3240円）

10月に入り、夜分はさすがに冷えるようになりました。本格的な寒さに備え、今回は南青山日赤通りそばのヨモギ蒸しで温活して参りました。

ヨモギ蒸し。ご存知ない方のために簡単な説明をさせていただきますと、こちらは首から下、足元まで隠せるビニール製のガウン（小学生のプール用バスタオルが長くなったようなもの）を裸体にかぶり、ガウンのなかに入れた椅子に座って体を温めるリラクゼーションのひとつです。椅子の座部には穴が開いており、穴の下で煎じられたヨモギから出る蒸気や熱気で下半身の「ふたつの穴」を温める。日本にすっかり定着した韓国由来のお作法です。裸体で下半身の穴に熱を当てるなど殿方には理解できぬ行為でしょうが、生理不順や不妊対策で受ける人もいらっしゃるほど、一部の女性からは信頼が厚い民間療法です。

日赤通りから一本裏路地に入ったお店の前には、漢方生薬の入った瓶がズラリと並んでいました。なにやら本格的なムードに胸が高鳴ります。一方、店内は至極モダン。更衣室で渡されたオリジナルガウンは、よそと違って胸元から下をカバーするタイプでした。「肩が出るのでのぼせない」と口コミサイトに書いてあったっけ。

こちらのヨモギ蒸しは通常のそれと異なり、足元から出る蒸気と椅子に開いた穴から出る遠赤外線のふたつで体を温めるスタイルです。蒸気と熱が当たるのは下半身のみですが、不思議なことに全身が温まるのだとか。これも口コミサイトから仕入れた情報です。口コミサイト、本当に便利だな。

施術にあたり、蒸気の元となる温泉水に症状に合わせたエッセンスを入れます。エッセンスは全部で9種類。冷え性、生理痛、浮腫み、肌荒れ、ストレス、虚弱体質、不妊症、乾燥肌、ダイエット。冷え性を選んだ私には、蛇床子（じゃしょうし）という漢方が主成分のエッセンスが選ばれました。薬草やら実やらをそのまま入れると思っていたのに、1回分のバスソルトのようなものがサラサラッと入れられただけでちょっとがっかり。視覚的にも、薬草をバサッと入れられる方が効きそうな気がします。

ヨモギ蒸しが始まると、ものの5分で顔面に大粒の汗が噴き出してきました。10分後にはお腹にも汗が滴る（したたる）ほどです。様子を見に来たお店の方に「もっと脚を開いて下さい」と言われ、ガウンの中で偉そうにガバリと脚を開いて座ります。お、この座り方だと下半身の二穴に蒸気と熱気が当たりまくるではないか。なんだか妙な気分です。

施術中には柿の葉茶がポットで出されます。苦いけど、とても美味しい。施術前に「冷えているところは赤くなる」と言われていましたが、終わってみると内もも、ふくらはぎ、お腹が真っ赤。たったの30分だったのに、下半身は施術6時間後の今も温かい！

30分のヨモギ蒸し、クーポン使って3240円。最後に出されたヨモギのお粥がとっても美味しかったのも印象的でした。

さて、今回の文庫化にあたり改めて校閲を通していただいたところ、「蛇床子」には冷えを解消する効能はないとのこと。なんでも「強壮、催淫作用」があるそうで、私のポッカポカ体験は、いったいなんだったんでしょうか……。今となっては、謎。

ダイエット鍼で肥満も金で解決だ！ 前編

（45分4950円）

働きづめの女が抱える問題は、疲労だけではありません。例えば体重の増加も、中年以降にとっては深刻な案件。昔のようなちょっとしたダイエットでは、もう体重はビタイチ落ちませんから。

今回、私は肥満まで金で解決してやろうと思いました。場所は渋谷近辺。都内にはダイエット鍼で名高い治療院が数軒ありますが、そのうちのひとつに先日から通い始めました。

女性誌ではずいぶん前から定期的に取り上げられているこの治療院、鍼を打っただけで痩せるわけがないじゃん、とずっと思っていました。

昨今のダイエット事情は、ぐるっと一周、否、三周ほど回って再び「なにを食べようが、総摂取カロリーが消費カロリーより低ければ痩せる」という当たり前の理論に戻りつつあります。だから、鍼を打っただけで痩せるわけがないのです。鍼のせいで食欲が大幅に減退したり、新陳代謝がアップしたりでもしない限り。

私は鋭い痛みが苦手ですし、食べることがなによりの楽しみです。食欲が減退しては、生きる楽しみがひとつ減ってしまう。しかし、おかげさまで仕事が忙しく、運動をしているヒマも余力もない。体重は増える一方でした。

背に腹は代えられぬ、というか背中の肉が腹のようになって早一年、再び「鍼で痩せた！」という女性誌の体験談を見たので、ものは試しと行ってみたのです。

鍼治療初日、施術の順番を待つ間に治療院の掲載誌に目を通します。私と同じようなでっぷりとした中年女性が、スルスルと痩せていく様がそこにはありました。鍼を打つと、どうやら食欲が上手にコントロールできるようになるようです。よし、私も近いうちにこうなるわよと意気込むも、ひっきりなしの来客はすべてヤング＆ビューティフルな女性ばかり。ダイエット鍼専門なので、彼女たちも同じ悩みを抱えているはずですが、どう考えても痩せる必要なんてゼロ。「若いうちは、それくらいお肉が付いていた方が魅力的よぉ〜」と、余計な一言を言いたくなるのをグッと堪えます。

さて、そうこうしているうちに私の順番です。丁寧だが迅速な治療説明を施したあと、担当してくれた院長（理想的な痩せ型の男性）は、目にも留まらぬ素早いスピードで、足首、手首の内側、頭頂部、膝のあたり？（見えないのでよくわからない）、そして土手っ腹に細くて長い鍼を刺しました。ズーン。お腹の鍼が、思ったより体に響きます。この痛み、あんまり得意じゃないかも……。

身動きが取れない私に、院長はやさしく言いました。

「お願いしたいことが5つあります。1、お腹いっぱいになったら残す。2、甘いものや牛乳入りの飲み物をできるだけ避ける。3、ゆっくり噛んで食べる。4、寝る4時間前までに夕飯を食べ終える。5、毎朝毎晩、体重を計る」

ちょっと！ それができないからここに来てるんですけど！ 足やら腹やら頭頂部やらに鍼が刺さっていたのでコクリと頷くしかありませんでしたが、平時だったら飛び起きて帰宅していたかもしれません。そうしなかったことを、通って2週間目の今では良かったと思っています。さて、効果はどれほどか？

ダイエット鍼で肥満も金で解決だ！　後編 （45分4950円）

中年特有のうっかり肥満（気付かないうちに5キロ以上増えているアレ）さえ金で解決しようと、渋谷にあるダイエット鍼に通い始めた前回の続きです。

大事なことなのでもう一度言いますが、院長から受けた指令は、

1、お腹いっぱいになったら残す。
2、甘いものや牛乳入りの飲み物をできるだけ避ける。
3、ゆっくり噛んで食べる。
4、寝る4時間前までに夕飯を食べ終える。
5、毎朝毎晩、体重を計る。

でした。えーっと、それができたらここに来てないんですけどね。

しかし、私は意外に真面目で気が弱いのです。それから3週間。結論から申し上げますと、3キロ痩せました。びっくり。そしてその2週間後、もう1キロ痩せました。

1カ月ちょっとで4キロ減。これは良い調子と言えるのでは?

渋谷にある治療院に週に3回通うのは少々難儀ですが、初診の10000円以外は1回4950円で、1回にかかる時間は45分程度。仕事の合間にパッと行って帰ってくるスタイルでしのいでいます。

鍼を打ち始めてから、食欲は格段に抑えられました。正直、食べることがなによりの楽しみでありストレス解消である私にとって、それはあまり愉快なことではありません。しかし院長の「食べる前に、本当にお腹が空いているのか考えてみて」の言葉を実践したら、たいして空腹を感じていないうちに食べている自分に気付いたのです。正しい食欲じゃなかったんですね、それまで。

チクッと鋭い鍼の痛みにはあっさり慣れたものの、お腹に深めに刺す鍼のズーンという響きはいまだ苦手な私。他の患者さんはもっと深くまで刺すと聞いて慄きました。人には「我慢できる痛み」と「苦手な痛み」があるようです。

施術中は、当日の朝の体重と前日の夕食の内容を鍼灸師さんから尋ねられます。そこで正直に答えると、なんらかのアドバイスをくれるシステム。恥をかきたくない一心で、最低でも前日の食事は軽めにするようになりました。

ここは鍼灸治療を受ける場であると同時に、予備校のようなところでもあると思います。私たちはダイエット受験生のようなもの。徹底していると感心したのは、院長も他の鍼灸師さんも決して「太い」という言葉を使わないところ。代わりに「大きい」を使います。

「今は体が大きいけれど」とか「体が大きい時は」などなど。その気遣いに感謝です。使う言葉にまで気を回してもらえるなんて、なんだか本当に受験生になったような気分。ここでは「落ちる」は耳心地のよい言葉ですが。

さて、それでは最終報告を。鍼で4キロ落ちたあとに停滞期に入り、徐々に足が遠のいて、数カ月後にきっちり4キロ戻りました。リバウンドの女王、健在です。がっくし！

冷えネガティブは岩盤の上で解消せよ（60分2160円）

机に向かい延々と原稿を書いていたら、下半身が椅子の形に固まってしまいました。膝を伸ばすとミシミシ音がします。浮腫みも酷く、全身がミシュランマンのようです。あー気が滅入る。

血流が滞っていることは明白ですが、毎度のことながら運動するパワーはない。そして次の仕事までは2時間ほど余裕がある。原稿は行きづまっており、少し考える時間が欲しいのが正直なところ。

私は急いでジャケットを羽織り、仕事場を飛び出し大通りへ出ました。右手を上げ、勢い良くタクシーを止めます。

「運転手さん！　テレ朝通りの入り口まで！」

向かった先は、とある化粧品メーカーが運営する女性専用の岩盤浴。夕方までなら1時間2160円で岩盤浴が楽しめるメニューがあるのです。しかも、この化粧品メーカーが販売している美顔器が使い放題！

シャワーやエステやヨモギ蒸しも完備しており、ここは疲れた女にとって夢の国。

今日は時間が足りないので岩盤浴のみですが、本当ならエステも付けて3～4時間は居座りたい。以前は朝まで営業しており夜中によく行ったものですが、最近は22時までとなってしまったのが少し残念です。

平日の昼だけあって、お客さんの数もまばらでした。入り口でバスタオル2枚（岩盤の上に敷くものとシャワーのあとに体を拭くもの）とフェイスタオル、ミネラルウォーター、作務衣（さむえ）をもらってロッカールームへ。速攻で作務衣に着替え、熱い岩盤の上に仰向けに寝そべります。ここは岩盤ルームがカラッとしていて清潔なのが最高！

ジワ～～ン　ジワワワ～～

なんという気持ちよさ！　固く縮こまっていた体が温められ、ゆっくり伸びていくのがわかります。10分ほど横たわっていると、顔面は滝の汗。ミネラルウォーターで水分を補給し、今度はうつ伏せになります。

ジュワーン　ジュワワーン

冷えた腹部がほぐされ、この上ない幸福感に包まれます。体が冷えていると、不必要なまでにネガティブになることありませんか？　私はよくあります。そんな時は岩盤浴に限ります。心の不調は体の不調から。まずは芯から体を温めましょう。

休憩を挟みながら低温ルームと高温ルームを行き来し、ゆっくりじっくり45分。しっかり温まったらシャワーを浴びて、髪を乾かし次の仕事へ。足先まで温まると、あら不思議、心も軽くなっています。たっぷり汗をかいたおかげで、鼻の毛穴詰まりまでスッキリ取れていました。行きづまっていた原稿のアイディアまで浮かんじゃって、いい事ずくめです。外回りの営業職の女性は、一度仕事をサボッて来てみたらどうかしら。

ブームが去った感は否めませんが、やはり岩盤浴は私の味方。次は絶対に女友達と長時間居座るぞ！　そう心に決め店をあとにしました。

セレブはもう、自分で頭なんか洗わないんだぜ。（60分3950円）

みなさん、ブロウドライ・バーなるものをご存知ですか？　ブロウなの？　ドライなの？　バーなの？　そもそも美容院とどう違うの？　その業態に謎が深まります。場所は広尾。有栖川公園のあたりです。友人のセラピストがここでマッサージサービスを提供しているご縁もあり、つい先日訪れました。ねぇ、ブロウなの？　ドライなの？

さて、この「ブロウドライ・バー」なるもの、実はLAやNYでは既にお馴染みの業態だそうで、敢えて言うならカットなし、カラーもなしの美容院のようなもの。最高のウォッシュ（洗髪）とブロウドライに特化した極上のサービスのついでにシャンパンも飲めるのだとか。え、こちとら下戸なんですけれども。一部の女性にとってはある種の社交場なんでしょうね。

行くまでは「セレブばかりで居心地が悪いのでは……」と怖気づいておりましたが、大きな窓から差し込む光あふれる店内は、ウッディーな内装でまとめられリラックスできる雰囲気。馬鹿みたいな物言いですが、なんとなくLAっぽいムードに気分が上がります。

驚いたのは、髪の毛が床にまったく落ちていないこと。カット無しの美容院ですから当然ですが、洗髪とブロウのみのサービスなので、パーマのロットが頭に巻かれている人も、ぺちょっとした濡れ髪で髪を切られている人もおりません。それだけで、優雅な空気が流れるものなのですね。カット中やパーマ中って、絵面(えづら)がモロ「舞台裏」って感じがするではないですか。それがまるでないのよ。

シャンプー台でしっかり頭を洗われたあとは、あのダイソンスーパーソニックヘアドライヤーでブロウ。いやぁ、これ使ってみたかった。なるほど、確かに熱くならずに早く乾くような気がします。ドリンクはアイスティーを。ルイボスティーなど、シャンパンの他にもいくつか選択肢がありました。

たまたまかもしれませんが、私以外のお客さんはみなロングヘアでした。外国人の常連客も多いようです。ということはつまり、英語がしゃべれるスタッフが常駐しているということ。手に職プラス語学力！　鬼に金棒ですね。

髪を乾かしてもらいながら、どんなお客さんが多いのかをそれとなく聞いてみました。美容師さん曰く、メインはご近所の方で、ここへは日常的に通うのだとか。シャンプー&ブロウドライで3950円と金額は他の美容院と差がありませんが、1カ月通い放題の定額メニューが2万円弱で用意されており、こちらの利用者の方が多いんだそうです。

ヘッドスパやセットなどオプションはあるものの、基本が洗髪とブロウだけでは客単価が上がらない。どうやって売上を立てているのかと思ったら、そういうことなんですね。

人に髪を洗って乾かしてもらうのは、楽だし見た目も良くなるし、優雅な気分にもなれる。しかし、それを日常的に行おうなんて考えは、市井の人間にはなかなか浮かびません。

「みなさん髪を洗いたい時にいらっしゃるようですよ」と美容師さん。つまり、ご常連さん方は家では髪を洗わないってこと。

凄まじい現実。港区にはもう、自分で頭を洗わないセレブがいる！

どんなに金を積んでも入れないあの店について

私は怒っています。猛烈に。

なぜか？　私が入れないマッサージ店があるからです。

一日のほとんどの時間を過ごす仕事場の近くには、小さな商店街があります。小洒落たビストロや携帯ショップに交じり、店先でほうじ茶を煎る香りが楽しめるお茶屋さんや、あられが詰まったガラスの平台容器が並ぶお煎餅屋さんも残る素敵な商店街。小学生がお菓子屋さんから飛び出してきたりして、いい雰囲気なんですよ。

1年ほど前でしょうか、商店街の雑居ビルに足裏マッサージ店ができました。行こう行こうと思っていたら、半年ほどで閉店してしまいました。残念です。

空いた場所には、次もマッサージ店が入りました。しかし、道路脇にひっそり置かれた看板を見ても、この店がどんなマッサージを提供しているのかわからない。看板には白人女性がうっとりとした顔で横たわる写真がでかでかと。お値段は60分で10000円以上とお高め。インターネットで検索しても、該当するお店は出てきません。

これはおかしい。

私は記憶をたどり、以前そこにあった足裏マッサージ店の名前をなんとか思い出しました。その名前で検索すると、マッサージ好きな男性のとあるブログにたどり着きました。曰く、

なかなか良いお店だったけれど、今は「怪しい」お店になってしまい残念。

鍵カッコ付の「怪しい」が示す意味は瞭然です。

すぐさま「怪しい」前提で店を検索し直すと、一発でビンゴ。ハァ？　泡洗体ってなに。担当者は女性のみ。しかも水着で体を密着させる？　怪我や病気じゃなければ、体ぐらい自分で洗え！

商店街のすぐそばには学校があるため、風営法により「怪しい」お店は開店できないはずです。もしや違法？　不慣れながらその手の情報を検索すれば、どうやら法律的にはかなりグレーゾーンの業態らしい。こんなことを書くのも気が引けるけれど、ヌキがなければOKだとか。ちょっと、そんなの確かめられないじゃないですか。「偶発的にヌケちゃいました」ってこともあるんじゃないの？　ともかく、場所をわきまえてくれたまえ。

私の願いが届いたのでしょうか、つい先ほどその店の前を通ったら、店の看板が変

わっていました。今度はアロママッサージ店が入ったようです。しめしめ、ついに潰れたか。やはり正義は勝つ！　と、勝ち誇った顔でその場をあとにしました。もちろん新しいお店の名、「プリンセスアロマなんとか」を記憶して。

仕事場に戻り、その名をググってみると……。

ちょっと！　18禁メンズエステってなに！　また行けないじゃない！　あー腹立つ。だいたい、この辺りに住んでいるのはお金持ちのファミリー層ばかり。お客さんなんているのかしら？　それとも私のようにこの街で働く人が……？　謎は深まります。

初めてのスウェーデン式

（50分5000円）

当連載の読者さんからメールを頂きました。

送り主のAさんは、西東京市のご自宅でスウェディッシュマッサージのプライベートサロンを運営していらっしゃるとのこと。お父様も連載の読者だそうで、ありがたいことです。

メールを頂いた日は、ちょうどスウェディッシュマッサージやヒロット（フィリピン式マッサージ）のお店を探していたところでした。これもなにかのご縁と、早速予約を取りました。

池袋から急行電車に揺られること15分。駅から歩いてすぐのマンションへお邪魔すると、出迎えてくれたのは笑顔の素敵な華奢な女性、Aさんです。

6畳ほどの施術室に通され、温かいお茶を頂きながらカウンセリングと施術の説明がスタートします。

スウェディッシュマッサージはオイルをたっぷり使うマッサージとは異なり、少量のオイルを使い摩擦で深部の筋肉にアプローチする施術だそうです。

Aさんは20代に体調を崩していた時期があり、回復のためにさまざまな病院へ行き、藁をもつかむ思いでさまざまなセラピーを受けたとか。

その中で効果を一番感じたのがスウェディッシュマッサージだったそうで、健康を取り戻してからは、「今度は自分が癒す側へ」と、セラピストになりました。

「本当にいろんなマッサージやセラピーを受けたんですよ」とおっしゃるその声は、回復までにさまざまな苦労があったことを感じさせるに十分でした。

私もひどいアトピーを患っていた時期があり、良い薬や施術があると言われれば、藁にもすがる思いで西へ東へと飛んで行きました。Aさんのご苦労は痛いほどわかります。

施術時間は50分。カチコチに凝った体を持つ私にはちょっと短いのでは？ と懸念しましたが、さすがストレスを軽減する幸せホルモン「オキシトシン」の活性化を促すと言われているスウェディッシュマッサージ、心地よい揉みに体を任せていたら、あっという間に深い眠りに落ちました。

今までは、オイルをふんだんに使用して指を滑らせるタイプのオイルマッサージしか受けたことがありませんでしたが、少量のオイルでも十分に気持ち良くなれるものなんですね。確かに、たっぷりオイル系より筋肉がよく動いたように感じました。小柄なAさんの施術とは思えないほど、マッサージはダイナミック。すごい！ 聞けば、全体重をうまく使うコツがあるのだそうです。

体調を崩していらっしゃった時は、自分が健康体に戻れるか、そして復職できるか不安で仕方なかったろうに。それがいまでは、他者を癒すパワーまで取り戻していらっしゃる。そのバイタリティーに感服します。

目が覚めると、私の体は数時間の睡眠をとったような爽快感に包まれていました。痛い方が効果的と思っていたフシがあるので、驚きです。

マッサージのおかげで局所的な冷えも解消され、加えて読者の方にも直接お会いできるなんて。施術料も5000円と非常にリーズナブルでしたよ。

打て！　向かってくるその球を　（50分1000円）

疲れた。体がダルい。でも運動する気力はない。ならばマッサージ。基本的にはこのループを繰り返す毎日ですが、私だってやる時はやる。気が向いたらやる。なめんな！

なんでこんなにイライラしているかと言えば、仕事のストレスが原因です。だいたい、なんであいつは人の話を聞かないのかね。言った言わないが一番嫌だからメールで伝えてるのに、どうして正々堂々と「聞いてない」って言うのかな。あまりに正々堂々としてるから、メールを見返してよとは言えなかったよ。そんな自分にガッカリだ！

今の私には、弛緩の前に発散が必要です。かといって、海や山へ行く時間はなし。ヨガなどの動きが少ない運動では、逆にストレスが溜まることは経験済み。下戸の私はパーッと飲みに行くわけにもいきませんし、カラオケで喉を潰したら翌日のラジオ生放送に響きます。

さて、どうしたものか。ふと思い立ち、バッティングセンターに行ってきました。

当方、野球の経験はゼロです。

2015年、新宿のバッティングセンターで42歳の女性が2000本塁打（ホームラン）を記録したことがニュースになりました。

進学や就職が思い通りにならず厳しい時期もあったけれど、バッティングセンターに通いメンタルも安定したと話していたのを見て、「ふーん、そんなもんか」と思っていましたが、行ってびっくり。バッティングセンター、働く女に最高の施設ではないですか！

野球に興味が無い？　運動音痴？　そんなことは全く関係ありません。だいたいね、都会では公共の場で木の棒をブンブン振り回すことさえ難しいんだから、究極的には球に当たらなくたっていいんですよ。ストレス解消になればいいんですから。木の棒、大人になってからブンブン振り回したことありますか？　楽しいですよ〜。

おすすめする理由は3つあります。まず、夜遅くまでやっている施設が多いこと。都内なら22時、23時まで、場所によっては朝まで営業しています。次に、価格が安いこと。1000円前後で60球打てます。体育会系運動部出身でもない限り、60球で十分です。最後に、短時間で済むこと。60球なんてあっという間。小一時間もあれば終了です。早い、安い、楽しいなんて、吉牛（よしぎゅう）みたいでしょう？

打ち始めは、驚くほどバット（木の棒！）に球が当たりません。それでも立ち位置を調整し、バットを長く持ったり短く持ったりと、少しずつ工夫をしていると球にかするようになる。なにこれ、微調整の繰り返しが仕事みたい！

同行者が打席に立っている間、私はYou Tubeで古田敦也元選手・監督によるトスバッティングのチュートリアル動画を視聴しました。トライアル&エラーを繰り返し、最後には打った球がネットに当たるようになりました。達成感と爽快感で、温まった体がみなぎって最高の気分です。

仕事じゃないんだから気軽にやれば、と言う声もあるでしょうが、なにごとにも仕事のように一生懸命になるのが私の性分。ご同輩の皆様、是非お試しあれ！

西麻布のド真ん中で、新感覚ミネラル湯治。

（１２０分２９８０円）


五里霧中という言葉がありますね。五里、つまり約20キロにわたる深い霧の中にいる状態。先行き不透明で見込みが立たないことを指します。まさに今の私です。濃霧の中寝そべって、溜まった仕事のことを考えているのですから。

突然ですが、お尻の間に手を挟んだことがありますか？　私はあります。冷蔵庫で冷えたこんにゃくのようで我ながらたじろぎました。私の尻は、３６５日いつだって冷たいのです。いつだって、煮詰まるのもカッカとするのも頭だけ。

寒暖差の激しい冬と年末進行を乗り切るため、今夜は都会のド真ん中に湯治に来ました。といっても、湯船に浸かるわけではなさそうです。

場所は西麻布。洒落た大人たちが自信たっぷりに交差点を行き交うこの街も、一本路地に入れば閑静な住宅地です。

訪れたのは、オープン当初から著名人のブログにたびたび登場する話題の店。４階建て一軒家がまるまるサロンという贅沢な造りに驚きます。階段を上ってサロンへ入店。小上がりで問診票に記入します。店員さんの説明も丁寧だし、華美な装飾もなくスッキリした内装も好感度が高い。嫌味のない金持ちの家、といった様相です。プライベートサロンにしては広めの更衣室でまずシャワーを浴び、次に専用着へと着替えます。そしてお待ちかねの湯治部屋へ。階下にある浴室へ足を一歩踏み入れると、なんということでしょう、眼鏡のレンズが曇ってまるで前が見えません。裸眼は0・1以下なれど、眼鏡を外した方がまだ見える。

室内に響く、ジャリジャリという謎の音。恐る恐る屈(かが)んで足元を見れば、浴室に敷きつめられていたのは無数の小石でした。歩くと足の裏が痛いのなんの！　同行者は健康体なのか、気にせずサクサク歩いていましたけれども。

パンフレット曰く、これは温泉ミスト浴という新しい湯治方法だそうです。温泉熱で温められた10種以上の薬石の上に横たわり、浴室を満たす酸性温泉ミネラルミストを全身から吸収するのだとか。全身から？？？　肌は排泄器官なのに⁉︎

あ、そうそう。入浴前には温泉ミネラル水を飲まなくてはなりません。味の感じ方で不足しているミネラルがわかるらしいのですが、なるほど、こういった付加価値を付けないと都会のリラクゼーション市場では生き残れないのだな。湯治後はミネラルが補充され、水の味が変わるとか。マジか。体が温まればいいやと雑な私に比べ、同行者は浴室を出入りするたびに水を飲み「味が変わった！」と感激しています。こういうのは、ちゃんと乗っかって楽しめる方が断然おトクです。

混浴を謳(うた)っていますが、私が訪れた時の男性客は1名のみ。平日のせいか女性客も数名。2980円で2時間のんびり過ごせました。湯治後の更衣室では念入りに全身にオイルを塗る美女に気後れしましたが、半信半疑だった私の肌もツルッツルのプリップリに大変身。肌だけ10歳は若返りました。これがミネラルミストを全身から「吸収」した結果なのだとしたら、大満足です。

しかし、ミネラル云々の説明書を読むと、どーしてもニヤニヤしちゃうんですよね。ヒヒヒ。

早朝に都内で露天風呂

（1回2634円）

こんにちは。岩盤浴大好き人間です。

自分のことを「○○人間です」って言う人、お寒いですよね。でも大丈夫、私は岩盤浴大好き人間ですから、どんなに寒くなっても岩盤が私を温めてくれるのです。

先日はひとりで後楽園のスパへ行ってきました。ここは私が生まれ育った「地上の楽園文京区」の楽園オブ楽園ズ。さまざまな温度に設定された岩盤部屋が5つもあるのです。加えて天然温泉や複数のサウナ、広々とした仮眠室。仮眠室ではソファに寝転がり、自分専用のテレビまで見られます。ハワイアンロミロミやタイ古式ヒーリングサロン、エステなども10店舗以上ある。これ以上の楽園など、どこにもありゃしないでしょう。

岩盤浴大好き人間ことワタクシは、欲深いのが玉に瑕（きず）です。終電ギリギリまで粘り、後ろ髪（濡れている）を引かれるようにして帰路につきながら、

「朝から来たら、その日は一日中気持ちよく過ごせるだろうな……」

そう思った。思ってしまった。こちらのスパは朝9時まで営業しています。つまり、

やろうと思えば出勤前に岩盤浴プラスひとっ風呂浴びることができるのです。

思ったらやらずにはいられません。平日は朝10時にラジオ局へ入ります。スパのある後楽園駅からラジオ局までは電車で約30分。ゆっくり髪を乾かすなど優雅な時を過ごすならば、8時15分には風呂から上がらねば。その前に岩盤浴をたしなむならば……と逆算し、朝5時半に家を出ることにしました。エクストリームです。朝6時から深夜料金が解除されるので、約3時間の滞在でも十分もとが取れますし、平日の朝なんて空いているに違いありません。こりゃ最高だと興奮したせいか、前夜は良く眠れませんでした。

翌朝、人っ子一人いない遊園地の横を駆け抜け、6時ちょい過ぎにスパへ入店。まずは岩盤浴をと思うも、岩盤浴スペースは夜11時半でクローズとのことでいきなり出鼻をくじかれます。早朝岩盤浴の夢は破れましたが、ならばたっぷり風呂に浸かろう。

裸体になり大浴場へ入ると、お客さんは十数名程度。多い時は100人以上がウロウロしているというのに！　体を洗い、まだ暗い空のなか露天風呂へ行きました。風呂には私ひとり。両手両足を広げ、ツンと冷えた空気を胸いっぱい吸い込みます。のんびり湯に浸かっていると、少しずつ空が白んできました。都会のド真ん中なので景色は楽しめませんが、差し込む朝日がなかなか気持ち良い。極楽！　ジャグジーも人はまばらで、早起きは三文の得と認めざるを得ません。サウナでは、いつも寝ぼけ眼で見ている朝のワイドショーを汗ダラダラの裸体で鑑賞しました。

時刻は8時。さて、そろそろ上がるとするか、とシャワーを浴びロッカールームへ戻ったら……わーーー人だらけ！！！　どこから湧いてきたの！

どうやらスパを寝床にしている旅行者がいるようで、仮眠室から続々と人が出てきました。パウダースペースも次から次へと埋まっていきます。

アワワワワ、最後の最後でバタバタしてしまった。結局、いつもと同じく慌てて電車に乗るハメになりました。その日は午後から眠いのなんのって。ちょっと欲張りすぎましたね。

整骨院でもマーケティング（1回2400円）

少し前に背中をピキーンとやった時、訪れた整骨院があります。そこのウェブサイト（いわゆるホームページ）を久しぶりに見たら、明らかにプロの手が入ったと思われる形跡がそこかしこにあり、好奇心がムクムクと膨らみました。なにこれ、ワクワクする！

この場合の「プロの手」とは施術力ではなく、コンサルティング的ななにかという意味。私の記憶では、以前のサイトは名前、場所、営業時間、料金、治療内容などが載ったフツーのサイトでしたが、新しいトップページには「なぜ肩こりや腰痛で来院された約90％の患者様が満足して帰られるのか？（大意）」と興味をそそるコピーが躍り、その横には施術をする先生方の笑顔の写真がバーン！

効果効能を謳える治療院の特性を活かした「わずか1回で効果を実感！」などの煽り文句もパッと目に入ってきました。全体的に、家のポストに入ってくるエステのちらしのようなデザインです。治療内容もテコ入れしたようで、初回トライアル3回セットなら通常料金の50％オフ。その他セットメニューや、骨盤矯正コース、定額通い放題コースもある。これはもう完全にコンサルの仕業だ。なんでもかんでもマーケティングだ！

幸か不幸か、私の体には常にどこかしら不具合があるので、早速予約して行ってまいりました。院内の様子は以前と変わらず、街の治療院然とした様相。担当は前回とは違う先生でした。いきなり「コンサル入れましたよね？」と聞くわけにもいかず、メニューの内容が変わりましたねとかなんとか、ふわふわした世間話からスタート。しばらく話しているうちに、先生の口から「医療費」「保険対象」などぽつりぽつりと気になる言葉がこぼれてきました。ご存知の通り、国の医療費における保険負担額は増加の傾向にあります。高齢化社会ですから、致し方ないのかもしれません。結果、審査は厳しくなり、以前なら保険対象になった治療が自由診療扱いになることも増え、そうなると頻繁には来られない患者さんも出てくるのだそうです。私も前回「あわよくば保険対象に……」と邪な目論見を持っていたのですが、やんわり制されたのを覚えています。顧客確保のためには、治療院も数多（あまた）のリラクゼーションサロンと競合していかねばならぬ時代。ある程度は、ウェブサイトの派手なコピーに見られるような商売っ気が必要なのでしょう。

先生は業態についても詳しく教えてくれました。整骨院や接骨院で行われる施術は、国家資格を持つ柔道整復師のみが行える医業類似行為。あん摩マッサージ指圧も国家資格が必要な施術。米国ではドクター扱いでも、日本のカイロプラクティック師には国家資格が不要。意外にも整体には国家資格がなく、いわゆるリラクゼーション系のセラピストも、名乗ろうと思えば明日からでも名乗れる。しかし、「マッサージ」の看板を出すのは違法まがいの行為なのだそうです。なるほど、だから「ほぐし」というあいまいな言葉をよく目にするようになったのか。

先生は最後に「国家資格がなくても上手な方はたくさんいらっしゃるんですけどね」とフォローを忘れませんでした。

その優しさが商売のアダになりませんように。

ホテルも私もシームレス

（1泊0円）

とある女の先輩から、「Aホテルの宿泊券とスパのモニター利用券をもらったから、一緒にどう？」と誘われました。ラッキー！！！

ふむふむ、場所はお台場ですか。なるほど、新しいホテルですね。すると、隣でそれを聞いていたもう一人の先輩がこう言いました。

「そこ先月行ったけど、違う名前だったわよ。確かBホテル」

まさか。そんなはずないでしょう。いや、Bだった。え？　じゃあAホテルはどこへ行ったの？　3つの頭をつき合せて調べてみると、なんということでしょう、どちらの言うことも正しかったのです。

Bホテルは Aホテルでもありました。正しくは、BホテルがAホテルに名前を変更。つい先日運営会社が変わり、名前までリニューアルされたというわけです。しかも、変更による休業期間はナシ。リニューアル前夜にチェックインしたら、翌朝は違う名前のホテルになっていたわけですね。そんな騙し船みたいなことがあるのか。従業員は混乱しなかったのでしょうか。私なら掛かってきた電話に前のホテルの名前を言ってしまうに違いない。

前の運営会社がお台場にAホテルを建てた96年頃、バブルが弾けたあととは言え、世間はまだ朗らかでした。フジテレビが移転したのが翌97年。新しい巨大観光名所の誕生です。

当時23歳の私にとって、お台場のホテルは経済的にも精神的にもハードルが高すぎました。お台場でBBQをすることさえ、ハロウィン並みの仮装イベントだったような。しかし、今は違います。40歳を過ぎ社会的経験と図々しさを兼ね備え、今回のお誘いにはふたつ返事でOKしました。

さあ、中年女3人のお泊まり会のスタートです。しかも、部屋は人生初のスイート！　窓の外に広がるレインボーブリッジと東京タワーの非日常感に、胸が沸き立ちます。

スパも美しく、ラグジュアリアスな空間、高品質のオイル、セラピストの下にも置かぬ扱いに身も心もとろけました。優しいタッチでの丁寧なアロママッサージ後、厚手のガウンでお茶を飲みながら眺めるは都会の光と川面に浮かぶ屋形船。調子に乗って水着をレンタルし、プールとジャグジーまで満喫してやりましたよ。人前で水着になるなんて、普段の自分なら絶対にやらないことです。非日常のパワー、恐ろしい！

中年女3人のお泊まり会と書きましたが、実はこの時点での参加者は2名。誘ってくれた張本人は、仕事が終わらず遅めのディナーからの参加と相成りました。もうひとりの先輩も、ご家庭の事情で翌朝は早くチェックアウトするとのこと。私は私で仕事の電話が2時間近く長引き、スイートルームを堪能し始めたのは24時を過ぎてから。いやはや、このバタバタ具合が忙しく働く中年らしいというかなんというか。

このホテル同様、私たちにも今日と明日の間に休業期間はありません。明日からはまた怒濤の日々が始まります。むしろ今日の怒濤が終わってない。今日と明日はいつだってシームレス。だとしても、身を置く場をガラッと変えれば、ずいぶんとリフレッシュできる。

あくせく働く中年だもの、たまにはこういう非日常を明日の起爆剤にしないとね。朝焼けの空をバルコニーで眺めながら、私は大きく深呼吸をしました。

コラム　リラクゼーション産業は女の風俗なのか

日本には、異性愛者の男性向け性風俗のバリエーションが無限にあると聞いたことがあります。ピンサロ、ソープ、デリヘル、ファッションヘルス、イメクラ、性感エステ、回春？？　どれも耳にしたことはあるけれど、違いがまったくわかりません。

なぜこんなにも多岐にわたるのか？　その分析は専門家に任せますが、種類が多岐にわたる女性向けのビジネスと言えば、リラクゼーションがそのひとつに挙げられるでしょう。足裏ケアだけでも、英国式、台湾式、中国式、ドイツ式などさまざまです。

性的欲求を満たすことが主とされる性風俗産業と、美の創造と癒しを主としたリラクゼーション産業を並列に語るのは、いささか乱暴ではあります。しかし、私はこのふたつに共通点を見出さずにはいられません。バリエーションの多さに加え、

1、裸体や素顔やジャージ姿など「素」にまつわるもの、つまり公私の

2、あられもない「素」を見せても、そこでは他者から否定・拒絶されない。
3、肌と肌（施術者の場合は手）が触れ合う。
4、肉体的、精神的、両方の満足が得られるとされている。
5、金銭の授受でサービスが成立し、その価格帯は幅広い。
6、サービスを受ける時間の長さを指定できる。
7、行かない人はまったく行かない。

などが挙げられます。

違いは、男性向け性風俗はスピリチュアルと絡められにくい点。加えて、リラクゼーション産業では施術者に「君はこんなところに居てはいけない」と説教する客がいないことでしょうか（余計なお世話！）。

女性向けエステでは施術にマシンを使うことも多く、比較対象から外しました。エステでは「癒し」より「結果」が重視されるのです。

あいにく男性向け性風俗サービスを体験したことがないので、憶測の域を出ない話ではあります。しかし、すべてのサービスは消費者の欲望から生まれる（もしくは、潜在的な欲望のありかを提供側に示され生まれる）と仮定すると、自分ではない「誰かの手」に触れてもらいたい欲求は、男女ともに存在すると言えるでしょう。

話は逸れますが、男性向けスピリチュアル性風俗店や、より高次の快感を追求するためマシンを導入する性風俗店が誕生することは、今後ありえるのでしょうか？　なさそうだなぁ。いや、私が知らないだけで、既に存在するのかもしれませんが。

性的搾取の問題やパートナーシップ崩壊の危機を棚に上げてまで、このふたつに共通点を見出したいのは、私に着地させたい仮定があり、そこに恣意的な思い入れがあるからかもしれません。

男女ともに肌の触れ合いをベースにしたコミュニケーションへの欲求が存在し、相手は赤の他人でも構わない場合があること。赤の他人だからこそ、さらけ出せる「素」があること。そして、金銭の授受を介在させてまで「素」の自分を受け容れられたいという願いに、男女の差はないこと。突きつめれば、性的欲求や肩凝りなどまるでベクトルの異なる問題を解消するふたつの産業には、他者の肉体による「受容」が通底しているのではないか。私はそう思います。

男性の性的スッキリと女性の癒されスッキリを同カテゴリーに納めるのは悔しくもありますが、このふたつに共通点を見出すことは、私が異性と自分を理解するのに役立っています。好悪だけで判断すれば、「意味のないものに無駄金使いやがって」と互いを心中で蔑（さげす）みかねないこのふたつ、どちらも受容という同じ目的を持つのでは？　と考えれば、少し後ろめたくも、互いに癒されたい肉体があり、癒されたい心があるのだと思えるのです。

だからこそ、グレーゾーンの業態で住宅街に出店し、私を惑わせるのはやめてくれよな！

第2章

英世と一葉、旅立たせ。

イケメンは苦手

（80分5980円）

飛び込みで入るマッサージ店は、残念ながら失敗することが珍しくありません。いきなり入れるということは、普段から予約が少ない可能性が高いからです。

しかし、いつ体が凝るかなんて事前にはわからないではないですか。また、飛び込んだ先が大当たりすることもたまにある。だからやめられないのです。

先日、出先で時間を持て余していたところ、目の前にタイ古式マッサージ店が現れました。前にここを通った時にはこのお店はなかったはず。新しくオープンしたばかりなのでしょう。

連日の残業で私の体は凝り固まり、夜も寝つきが悪く困っていました。かと言って、自分でストレッチをするのも億劫（おっくう）。ならば他人にやってもらおうと、フラフラと吸い込まれるように入店しました。

ドアを開け、キャッシャーのそばにあった呼び鈴をリンリンと鳴らします。すると、なんということでしょう、20代後半とおぼしきかなりのイケメンが施術室のカーテンを開きニッコリと出てきました。かなりの、です。嗚呼、完全に予想外。こちらの動揺に気付くわけもなく、イケメンは満面の笑みで言いました。

「ありがとうございます！　いますぐにご案内できますよ！」

あーあ、やっぱりハズレだ。だってイケメンだもの。

イケメンにマッサージされるなんて最高じゃない？　いいえ、私はイケメンマッサージ師が苦手です。「イケメンだから、技術力がないに違いない」なんて偏見ではありません。「イケメンだと私の自意識がおかしくなり、まったくリラックスできないのです。「私のような者の不浄な体を触って頂いて、この度は本当に申し訳ございません」という気持ちに、どうしてもなってしまう。

そんな私にイケメンは、足裏のオイルマッサージとタイ古式マッサージのダブルで80分5980円のコースをオススメしました。つまり、80分先まで予約が入っていないということです。新規オープン店とはいえ益々不安が募ります。

先に会計を済ませ、何度穿いてもうまく穿けないのでお馴染みのタイパンツに着替え終わった頃、ついにイケメンが薄暗い部屋にやってきました。畳2畳の狭さに、イケメンと二人きり。タイマッサージなので、施術は床に敷かれた布団。つまり、これから80分間、布団に寝そべった私の体をイケメンが触るのです。つらい。つらすぎる。

うつ伏せた途端、私は果てしない後悔の念に苛まれることになります。足裏マッサージなんてチョイスしなければよかった！　だって今、私のかかとは冬の乾燥でガッサガサにひび割れているのだから。

お仕事ですから、イケメンは「かかと、ガサガサだね」とは言わないでしょう。でも、腹の中ではそう思っているに違いない。恥ずかしさで心臓が潰れそう。自分が自分に生まれてきたことすら嫌になってきます。もう、私を触らないで！

自意識に引きずり回され、80分後の私は入店時より疲労度アップ。安心して体を預けるなら、やはり同性の同世代が一番リラックスできます。たとえかかとが割れていても「わかるよ、そんな日もあるさ」と思ってくれそうじゃあないですか。それが安心を生むのです。

中年女とヤング・イケメンでは、同志の絆が生まれないのであります。

ストレッチ、それは羽ばたき。

（90分９８００円）

イケメンマッサージで体のこわばりが悪化した翌週、今度こそどうにかしなきゃと最近流行りのストレッチ専門店へ行くことにしました。

ストレッチ系、前から一度行ってみたかったのですよね。だって今までに存在したどのマッサージよりも全身運動に近そうではないですか。自分で運動するのが一番と頭ではわかっていてもできないなら、他人にそれらしいことをやってもらうしかない。しかも、プロにやってもらうストレッチは格段に違うらしい！　私の好奇心がムクムクと湧いてきます。業界も手を変え品を変え、いろいろ考えますね。

大人気の噂通り、聞いたことのある名前のストレッチ系マッサージ店はどこも予約で一杯でした。こういう時は、東京なら恵比寿です。恵比寿はマッサージの激戦区でして、ほかの地域ではまだ珍しいタイプのリラクゼーションでも、複数の店が存在するのです。

予想通り「恵比寿　ストレッチ」で検索したらすぐに店が見つかりました。聞いたことのない名前だけれどまあいいか。

場所は恵比寿駅から徒歩数分。お店に着くと、恰幅の良い熊系の男性施術者が出迎えてくれました。店内には地中海風のあしらいが随所に見られます。これ、居抜き物件だな。元はエステかなにかだったのでしょうね。

初めて行くマッサージ店では、たいてい仕事内容を尋ねられます。立ち仕事か座り仕事かを知ることで、不調箇所の傾向がわかるのでしょう。今回も同様の質問をされたので「コンピューターの前に一日中座っている仕事です」と答えました。すると熊さんが笑顔でカルテに記します。

仕事：デスワーク

いや、確かに死にそうだけど、デス・ワークは酷いでしょ。それを言うなら「デスク」でしょ。笑いを堪えながらベッドに横たわったので、うつぶせた体が上下に揺れてしまう。我慢、我慢。いざ、90分のストレッチがスタートです。

大胆に体をねじられたり引っ張られたりするのを想像していましたが、現実はその真逆でした。護身術で暴漢の手を捻るような最小限の動きで「そんなところに伸ばす筋があったの⁉」と驚かざるを得ない場所が確実に伸びていきます。

こりゃあ、ハマる人がいるのもわかる。ちょっと足を引っかけられたり、腕を曲げる角度を変えたりされるだけで、自分では決して伸ばせないところがグングン伸びる。尻の深層部の筋なんて、伸びたことないでしょう？　伸びるんだよ、これが。

「最近、飲みすぎてますね？」「……いいえ、下戸です」など嚙み合わぬおしゃべりが若干煩わしかったものの、90分はあっという間に過ぎていきました。体の可動域が一気に広がり、空も飛べるのではないかと思うほどの万能感！　９８００円の価値アリです。

　この手の新業態の施術者さんって、以前はなんの仕事をしていたのでしょうね。他のリラクゼーションから流れてくるのかしら？　行く先々で新しい技を身に付ければ、10年後には技の総合商社になれそうですね。さ、私は仕事場に戻ってデスワークの続きです。

映画「マイ・インターン」に見る福利厚生の可能性について

話題の映画「マイ・インターン」を日本橋の映画館で観てきました。人気アパレルECサイトのCEOジュールズ（アン・ハサウェイ）は、威圧感ゼロの気のいい女性。彼女は誰もがうらやむような「すべてを手に入れた女」なれど、突然大きくなった自分のビジネス、仕事を辞め専業主夫になった夫との関係、そして子育てに大忙しでキャパオーバー気味。そこに会社の福祉事業で雇われた70歳のベン（ロバート・デ・ニーロ）がシニアインターンとして採用され、ベンとの交流を通してジュールズが成長していくお話。

女性を中心に大ヒット中のこの映画、毎日大量のTO DOリストをこなす（そう、文字通り「こなす」のが精一杯！）主人公が、既婚子持ち女友達を彷彿とさせました。みんな本当によく頑張っていると頭が下がります。ジュールズの常にバタついた職場シーンには、子どもも夫もいない私も共感しました。

仕事場では、いろんな人が次から次へと「これはどうする？」と彼女に尋ねてきます。ジュールズに熟考している時間はありません。彼女が即決しないと、ものごとが前に進まないからです。部下に任せていることも、細かく目を配って修正を。広いオフィスを自転車で移動するジュールズ、「すべての部下が自分と同じ当事者意識を持って働いてくれるわけなどない」と、彼女はここ数年で学んだんだろうな。

忙しすぎの女性がCEOだからでしょうか、それとも一日中パソコンに向き合う社員が多いからでしょうか、ジュールズの会社にはなんと専属のマッサージセラピストが常駐しています。なんと粋な福利厚生！　私もこんな会社で働いてみたかった。

調べてみたところ、日本にもマッサージ師が常駐している会社がいくつかあるようです。看護師や医師が常駐する会社はありますが、マッサージ師まで！

検索した限りでは、マッサージ師を常駐させている会社の多くは社員の平均年齢が30代前半に違いないIT企業ばかり。パソコンの画面に焦点が合わず困憊(こんぱい)する40歳以降の中年はどうしたら？

中年がパソコンに向かえば、夕方には目が霞み首がシャリシャリと音を立てます。やがて作業効率が落ち、結果的に残業へ突入ということも珍しくない。部下の作ったエクセル資料に「霞んで見えない」とは言えぬ若作りな中間管理職の苦しみを思うと胸が痛みます。

働き盛りは疲れ盛り。日本中の会社にマッサージ師が常駐したら、GDPだって上がりかねないと思うのですよ。

さて、映画に出てきた60代後半とおぼしきマッサージセラピストは、大人の魅力にあふれた妖艶な女性でした。ひと目見て、私はその麗しさより「やはり手に職があると、いくつになっても強い」と思いました。己の働き蜂根性が憎くもあれど、仕事を続けていると良いことがありそうと感じさせてくれる映画でした。

上映後は、普段足を運ばないこの日本橋でマッサージを受けることに。次回はそこで起こったお話を。20分2000円の首こりマッサージ、果たして結果は？

お江戸日本橋チャイナマッサージ（20分＋40分7000円弱）

困ったことに、最近は映画のあと頭痛になりがちです。残念ながら「マイ・インターン」を観たあともそうでした。調べてみたら、暗いところで明るい光を長時間見ると、頭が痛くなる人が一定数いる様子。どうりで寝る前にベッドのなかでスマホゲームをやると、ぐったりするわけです。それも肩こりの大きな原因のひとつなのですが。

響く頭を抱えながら日本橋の映画館をあとにし、21時を過ぎた今から入れるマッサージ店を近隣で探しました。いつものアプリで人形町の大通り沿いに「首マッサージ20分2000円」のお店を発見。なんと気の利いたピンポイントマッサージ。通常ならオプション扱いで、単品オーダーは難しい部類のメニューです。痛いのは頭だが、凝っているのは明らかに首。これ、今のニーズにぴったりではないか。

地図の通りに向かったお店は雑居ビルの4階。1階が居酒屋さんで、他のフロアにもマッサージ店が入っています。お世辞にも綺麗とは言えない佇まいのビルに、私は少し肩を落としました。まぁ、日本橋や人形町という日本情緒あふれるイメージの街に過度の期待をしていたのはこっちの勝手。ここはオフィス街ですし、休日に開いている店があっただけでも良しとしましょう。

店内に入ると、中国人の中年女性が人懐っこい笑顔で私を迎えてくれます。渋谷、新宿、池袋、新橋、銀座、六本木、恵比寿……いろんな街で中国系マッサージを受けてきましたが、ここ人形町にも。

私はふと考えます。東京に、中国系マッサージ店のない街などあるのだろうか？　大きな繁華街では、中華料理店の数に迫る勢いに見えます。ニーズがあるからこれだけ増えているのだと思いますが、女がフラリと行けるのは赤坂の「烏来（ウーライ）」ぐらいしかなかった20年前を思うと感慨深いものがあります。

出迎えてくれた女性が、そのまま施術を行ってくれることになりました。彼女は指先にたっぷりとクリームを塗り、私の首筋を耳の付け根から鎖骨に向かって滑らせます。弱すぎず強すぎず、いたわるように上から下へ。うむ、上手い！

安心して眠りに落ちようとしたところで、ご近所の方とおぼしきお客さんが入ってきました。その親しげな会話から察するに、ご常連のようです。飲食店同様、繁華街でも地元のお客さんがついているお店にハズレなしだと思います。

結局、首マッサージに足裏マッサージ40分も追加して終了。お友達のお母さんの如く健康を気遣う言葉をたくさんかけてもらい、心も温まって7000円弱のお会計を済ませました。

ぐっすり寝た翌日、知らない番号から何度も携帯に着信履歴が。留守電を聞くと、昨夜の中国人女性でした。お釣りを少なく渡してしまったと平謝りでしたが、こちらはまったく気付いていなかったので、むしろ助かった。近いうちにまた行かなければ。

給湯器がブッ壊れたら、楽園に行くしかない。前編
（2時間半　約1000円）


風薫る5月、華麗に加齢して42歳になりました。そして、汗ばむこの季節に我が家の給湯器がブッ壊れました。

ガス給湯器は、我が家の温水すべてを司る機器です。つまり、これが壊れた今、私は風呂に入れないということ。なんという悲劇。あいにく雑務が立て込んで、銭湯が開いている時間に仕事が終わらぬ日が続きました。友人の家でシャワーを借りたり、ホットタオルで体を拭いたり、心臓をバクバクさせながら水で洗髪したり。つらい、つらすぎる。

しばらく湯船に浸かれず、腰もガチガチになった金曜日の夜。どーしてもゆっくり風呂に入りたくなった私は、ネットで検索した六本木の大浴場付きの岩盤浴スパに向かいました。なんと24時間オープンで、足裏やアロママッサージの施設まで完備しているらしい。これは地上の楽園を発見したも同然です。

開放的な人々でごった返す六本木交差点からほど近いドン・キホーテの向かい、外国人がたむろするバーの4階にその店はありました。お店のウェブサイトを見る限り

は、小綺麗でお洒落なスパ。しかし、エレベーターを降りた私が見たのは、完全に昭和の巨大サウナのエントランスでした。施設は思ったよりずっと広く、全体的にほの暗く、かなり年季が入っているのがひと目で分かります。

その様相とカルトムービーに出てきそうなフロントマンの風貌に若干腰が引けたものの、靴箱に靴を入れ、受付で靴箱の鍵と交換してロッカーキーを入手しました。だって今夜はどうしても風呂に入りたいんだもの。23時を優に過ぎたこの時間から、ほかの選択肢はないに等しいではありませんか。

入店すると男女のフロアは上下に分かれており、マッサージチェアが並ぶスペースと食堂を抜けた先に女性用の脱衣所がありました。ここで岩盤浴用の浴衣に着替え、上階の岩盤ルームへ移動します。

岩盤ルームは約40畳とだだっ広く、かなり薄暗い。床にはすのこが数枚と、プラスチックの枕が並びます。うっ、ちょっと湿った臭いが鼻を突いてくる。

んー、これは想像していたのと若干違うかも……。私はこれを岩盤スパとは呼びたくない。がっくり肩を落としつつも、せっかくだからと寝そべろうとしたその時、そこは一枚岩の岩盤ではなく、無数の石が敷きつめられた床と気付きました。若い女性たちが汗だくのまま鼾（いびき）をかいて寝ているけれど、これ、痛くないの？　恐る恐る体を転がし、北海道二股温泉石とやらの上にドスンと寝転びました。

お、なんだ。意外と平気ではないか。ん？　寝そべった床から、ドスンドスンと重低音が体に響いてきます。これは、なに？　音の正体は一体!?　続きは次回に持ち越しです！

給湯器がブッ壊れたら、楽園に行くしかない。後編

（２時間半　約１０００円）

我が家の給湯器が壊れ、銭湯が開いている時間には仕事が終わらず、どーしても湯船に浸かりたくなった汗だくの5月某日深夜。私が向かったのは、大浴場付きの小洒落た岩盤浴スパｉｎ六本木……のはずでした。しかし、地図の通りに向かった先は、なぜか昭和ムードの巨大サウナ。前回の続きです。

岩盤ルームの温かい床に寝そべると、ズドンズドンと腹に振動が伝わってきました。耳を澄ませば、うっすら聞こえてくるのはダンスミュージックの重低音。そういえば、1階は若者が集まるクラブだったような。でもここ、4階なんだけど。この建物、どういう構造しているのかな。クラブもクラブで、どんだけ大きな音出してるの。

これをスパと言われれば首をかしげずにいられませんが、重低音も含めまるで居心地が悪いかと言えばそうでもない。全体的にファンシーさには欠けるものの、これはこれでアリなのでは？　しかしこの店、スパを自称する前はなんと名乗っていたのだろうか。

そのあと向かった大浴場で、私はようやくこの店を理解しました。脱衣所に、使い

捨てのT字カミソリとナイロンタオルと歯ブラシが「ご自由にお使いください」と置いてあったのです。つまり、ここは韓国系サウナ。ウェブサイトには一切そうは書かれていなかったけれど！

理解が進めば、安堵も広がるというもの。念願の大きな湯船に浸かりながら、私は若かりし日々を思い出していました。20代の頃は、仕事終わりで赤坂や大久保の韓国系サウナに友達と連れ立って通ったものです。女友達と日常的に裸のつきあいができたなんて、若かったとしか言いようがない。いまでも同じ友人たちと交流がありますが、40歳を超え裸を見せ合うことにかなり抵抗を感じるようになりました。お互いの〝若い裸体〟を知っているからこそでしょう。

風呂上がりには、併設されたマッサージ店でオイルトリートメントを受けました。マッサージは極楽でしたが、施術中は開いた窓から眠らない街の嬌声が絶え間なく入ってきます。キャアーとか、ウワーイなんて女の子の大声が、4階まで上がってくるのです。一時は若い女子の集団なんてほとんど見かけなかった六本木ですが、景気の回復とともに、また舞い戻ってきているのでしょう。なんだか懐かしいな。ああやって夜通し遊んでいた日々が、私にも確かにありました。

セラピストさん曰く、このサウナをホテル代わりに利用する旅行者の女子も多いとのこと。確かに、仮眠室はほぼ満員でした。仮眠は一晩4000円ぐらいだから、東京に遊びにきて1円でも安く泊まるにはもってこいの場所ですね。六本木ですし、移動も楽でしょう。

仮眠室での睡眠でも十分なんて、若者の特権だよ。六本木、確かにここは若者にとっての楽園なのかもしれません。

「若いってイイな……」とボンヤリ2時間半の滞在で、マッサージ込みのお値段は約1万円。湯船に浸かるためにしては高くつきすぎたと反省し、失った若さと諭吉に思いを馳せながら濡れ髪のまま家路につきました。

尻伸ばしと失恋、どっちが痛い？

（60分6600円）

大・大・大好きな20代の可愛い後輩女子が、ザックリ失恋いたしました！　おめでとう！

深夜の号泣電話は激しい嗚咽で話の7割が聞き取れず、急遽、翌日に会おうということになりました。

翌夕、駅で私を待っていた彼女の姿はいつもよりずっと小さく見えました。この世の終わりとばかりに憔悴しきっています。わかる、わかるよその気持ち。

しかし私は「こういう時代もあったよなー」と、スンスン泣く彼女を見てなんだかニコニコしてしまうのでした。大丈夫、大丈夫。時間がぜーんぶ解決してくれるから。

彼女が災難だったのは、失恋と転職と、初めてのひとり暮らしが同時期に発生したことです。あれ、つらいよね。そのトリプルコンボすら経験済みなのは、私が彼女よりずっと長く生きているからにほかなりません。

先輩面してご飯でもご馳走しようかと思いましたが、聞けば失恋・転職・引越しの三重奏で、生まれて初めて体にコリを感じているとのこと。加えて「いままでに一度もマッサージを体験したことがない」と言うではありませんか。まさにマッサージデビュタントに相応しいタイミング！　その初体験に同行しない手はありません。奢るよ！　マッサージ！

目を腫らせた彼女を連れて行ったのは、麻布十番のストレッチ系リラクゼーション店。ここ数年で一気に店舗数を伸ばしているお店です。心身ともに縮こまってしまった彼女に、本来ののびのびとした姿を取り戻してもらいましょう。

ジャージに着替え、隣同士で施術用ベッドに横になります。仕切りはないので、お互いの様子は（見ようと思えば）丸見えです。

手慣れた手つきのストレッチに身を任せながら、「ここは一気に店舗を増やしたけれど、どこまでが直営で、どこからがフランチャイズなんだろう？」なんてことを考えていたら

「いぃいぃいぃ痛い！　いぃ痛い！」

と、隣のベッドから彼女の小さな叫び声が聞こえてきました。見ると、お尻のあたりをグイグイ伸ばされています。そうでしょう、そうでしょう。失恋とは痛みを伴う自己改革。せめて体だけはスッキリさせて、また大きく羽ばたいて！

余裕たっぷりで悶絶失恋女子の姿を眺めていましたが、肩周りのストレッチで今度は私がイダダダダダ！　と叫び声をあげるハメに。うっかり忘れていたけれど、私は

中年。これって、遠い昔に親が患っていた四十肩の前兆なのでは？　イヤだ、もうそんな年頃か。

20代半ばと40代前半の女ふたり、持家も伴侶も子どももない点では同類ですが、後者の体は確実に老いている。「全米よ、これが悪い見本だ！」という気分になりましたが、まぁこれも人生だ。

60分で6600円、体の可動域を広げた失恋女子と中年女は、肩甲骨を広げ、ホルモンを焼きに夜の街へと羽ばたきました。失恋には肉も効くのです。

優先すべきは「治療」か「快楽」か？（60分8640円）

子どものころ、母親が通っていたカイロプラクティックについて行ったことがあります。

白衣の施術者から圧をかけられ、ボキボキッボキボキボキッと音を鳴らす母の体。骨が鳴ることさえ知らなかった年頃の私には、なかなかのインパクトでした。母も母で、ボキッとやられるまえにぎゅっと目を瞑（つぶ）り、音がするたびにヒィッという顔をするんですよ。なんでそんな思いまでして骨を鳴らしにいくのか？　私には皆目見当が付きませんでした。聞けば「つきあいで」と言っていたような。大人のつきあいって不思議だなと思った記憶があります。

あれから幾星霜、いまでは私が母親の年になり、しかし傍らに子どもはおらず、されど身も心も疲れてゆがんでしまったので、カイロプラクティックに行ってきました。

過去にもカイロの経験はあります。が、体の密着度の高さや骨ボキボキの恐怖故に施術者との相性が厳しく問われるこの施術において、私が心から満足した試しはなし。あと、「やっぱり揉んで欲しいなぁ」とどこかで思ってしまうのですよね。「治療」的な施術のおかげで体がまっすぐになったとしても、「快楽」の要素がなければ満足度が下がってしまう。これをどうにかできないか。

と思ったら、ありました。「マッサージ+カイロプラクティック」をメニューに謳うお店が、恵比寿に！　痒い所に手が届くとはこのことです。願えばサービスは誕生するのだ！

「こちらに着替えてください」と渡されたルームウエアのサイズがXLだったことに気落ちしながらベッドへ向かうと、ボキッ！　の恐怖を取り除くためか施術者が懇切丁寧に背骨の仕組みと体のゆがみについて教えてくれました。そして次は安定のボキボキタイム。予想に反し、マッサージより骨鳴らしが先なのね。

しかし何度やってもボキボキタイムには緊張しますね。だって初めて会った人に大腿部を持ち上げられ、全体重を掛けられるんだから。こんな状態、レスリング経験者でもない限りソワソワして当然でしょう。嗚呼、おならが出たらどうしよう。

カイロプラクティックとマッサージの施術者が交代でメンテナンスし、私の体は「自覚的にはゆがんでいるように感じるが、人様から見たらまっすぐ（らしい）」という不思議な状態へ変貌を遂げました。なんだか右側に傾いているような気がして仕方がないけれど、これが正しい姿勢だそうです。

60分8640円も支払ったんだから、体は確実に健康体に近づいたと信じたい。しかし、満足したかと問われれば首を傾げざるを得ない。マッサージの時間が圧倒的に足りない。もっともっと、揉まれて気持ちよくなりたい。

全身のゆがみを矯正し、適度な運動をして、マッサージいらずの体になるのが一番。そこに異論はありません。しかし他人の手で揉まれる快楽には中毒性があり、それがなければ心のゆがみが取れぬまま。

優先すべきは治療か快楽か、いつも私の頭を悩ませる大命題です。

貴族の素足は金で買え！

（2時間8400円）

夏の女の足は汚い。なぜか？　素足でパンプスやサンダルを履くからです。加えて、紫外線による日焼けダメージ。クーラーによる乾燥ダメージ。冷えによる浮腫みダメージ。ナマ足なんて聞こえのいい言葉がありますが、夏の素足は人に見せられたものではないのです。

もちろん、私の足も散々な状態です。浮腫みやかかとのひび割れのケアなら足裏マッサージに行けばいいけれど、爪の甘皮処理までやってくれるお店はありません。それではネイルサロンへ……と思えど、ネイルサロンだとマッサージが不十分なのです。どうしたものかと頭を悩ませ、グーグル様に教えを乞い、今回は恵比寿のドイツ式フットケアサロンに行ってきました。

足に関するマッサージ業界では「○○式」と○○のところに国の名前を入れて差別化を図る傾向があります。中国式、台湾式、英国式といったところが一般的です。今回私が「ドイツ式」を選んだのは、マッサージだけでなく、外反母趾の解消、巻き爪、うおのめやタコ、硬くなった角質を除去する施術が含まれていたからでした。

ドイツにはポドロジーと呼ばれる足学があるそうで、靴文化のヨーロッパならではの足トラブルを解決するため発展した学問とのこと。ドイツでは数千時間の履修を要する国家資格ですが、同じことを日本でやると医療行為に抵触してしまうらしく、日本流にアレンジされたものがあります。

駅から歩いて5分、マンションの一室、30代女性がひとりで運営。女性オーナーのサロンに多くある形態です。施術者さんは元OLに違いない。20代のうちにお金を貯めて資格を取り、念願のサロンをオープンして2～3年というところでしょうか。私はフットバスを受けながら想像を膨らませました。

フットバスのあとベッドへ横たわると、まずは足裏の状態を細かくチェックされます。どの部分の角質が肥厚しているかで、歩き方の癖がわかるのだそうです。なんでも私は外側とかかとに重心があるらしく、そのせいでかかとが硬くなり、親指の下にタコ未満の角質が溜まっているとか。早速、歯科医院で使用するような電動器具で硬いところを削ります。ウィーンと音は派手ですが、痛みはありません。ちょっとくすぐったい程度です。その後、ネイルサロン以上に丁寧な甘皮ケアが施され、最後にふくらはぎを強めにマッサージ。そして保湿。ハレルヤ！　ここには欲しいものがすべて揃っているではないか！

たっぷり2時間の施術が終わり、自分の足を見て驚きました。先ほどまでが奴隷の足だとしたら、これは貴族の足！　足の裏がぷくぷく柔らかいと、心まで柔らかくなれるような気がします。血行が良くなったのか、肌の色も透き通ったような。

中年になるとすべての輪郭がボンヤリしてくるけれど、足の爪がこんなにくっきり縦長に見えたのは何年ぶりでしょうか。すべすべしっとり、クーポンを使って8400円。3週間後に予約を入れて帰路に就きました。働く女に激しくオススメします。

新橋に亜空間、深淵にたじろぐ。（60分6000円）

古めかしいエスカレーターに乗り2階へと上がると、目の前に広がる猥雑な夜の街。ここはアジアの……いいえ、ここは新橋です。そりゃ新橋だってアジアの一部だけど、なんというか、日本じゃない感満載よ。

新橋。1日に100万人近くの乗降客が利用する、サラリーマンの人生交差点。幾度となく訪れたことのあるこの街の、何度も通りすぎたことがあるビルの中がこんな亜空間になっていたなんて。40年生きてても、知らないことはまだまだあるもんだな。

昭和の歓楽街ムード漂うフロアにひしめくは、中国系、台湾系のマッサージ店およそ30軒。廊下にズラーッと並ぶ床置き看板のネオンに、目がクラクラします。

日曜日に訪れたので、客足はまばらでした。すべての店の前には必ず客引きのお姉さんが立っており、スマホをいじりながら「マッサージーどうぞー」と覇気なくつぶやく部屋着にすっぴんの姑娘（クーニャン）もいれば、店の前から数メートル追いかけてくるお化粧バッチリなピンヒールの美人さんもいる。中国語とカタコトの日本語がフロア全体に響き渡り、そのバイタリティーに圧倒されます。六本木や赤坂の中国系マッサージに行き慣れた私でも、かなりたじろぐ雰囲気でした。

店内の様子は廊下から見てもよくわからず、価格帯はどこも同じ。よって、お店を選ぶ基準は店の外観と客引きの物腰のみ。うーん、悩みます。

水族館のマグロのようにフロアをぐるぐる回遊し、私はようやくそのうちの一軒に入りました。マッサージは男性が好みそうな強めの揉み中心で、60分6000円。価格も内容も普通！　良くも悪くも特筆すべき点はナシ！

マッサージを終え店外に出ると、向かいのお店から50代半ばとおぼしきおじさんが出てきました。どうやらご常連さんのようで「またきてねー」と手を振る、娘でもおかしくない年頃の姑娘にデレデレと手を振り返していました。そうか、問われるのは技術ではないのかもしれないな。

風俗チックなサービスを提供しているようにも見えるお店は1軒ありましたが、ほとんどの店は健全なマッサージのみの模様。とは言え隠しメニューが存在したとしても、女の私にはわからない。そう言えば某駅付近のマッサージ店に行った女友達は、隣のブースから性的サービスをねだる男性（どうやら深夜にはそういう違法なこともしているらしい）の声が延々と漏れてきて、気まずい思いをしたと言ってたっけ。いや、さすがにここではそんなことはないだろう。癒されたい男性の天国だと信じたい。

こちらのビルでは10年前から既に数店がオープンしていたそうで、新橋を利用する男性にとっては「なにをいまさら」な話なのかもしれません。しかし、私の周りの女性でこのことを知る人は誰もいませんでした。

覗いてはいけない深淵を覗いてしまった気まずさに目を伏せながらも、「平日の夜に訪れたら、どんな世界が広がっているのだろう」と、好奇心がムクムクと膨らみました。

元プロ野球選手のセカンドキャリア　（40分6350円）

3年ほど前のことです。西麻布交差点のそばに、とあるストレッチ専門店がオープンしました。

店主はパ・リーグ某球団の元投手。そのことは後から知りました。年のころは30代後半。彼は施術者でもあります。施術中、野球に明るくない私は「ずいぶん体の大きい人だな」と思っていた程度で、まさかプロ野球選手だったとはつゆほども思いませんでした。店の入り口に野球グッズがたくさん置いてあったのは、ぼんやりと覚えています。

便宜上「店主」とは書きましたが、オーナーは別にいらっしゃったのか、経営も含めてやっていらしたのかは未だにわかりません。

元選手の施術は大きな体軀に恵まれた故のダイナミズムにあふれ、かつ繊細で的確。安心して体を預けられました。施術後すぐ体が楽になったので、私は次の予約を入れて帰りました。しかし、2回目に担当してくれた女性の技術が、残念ながら私には合わなかった。その日、私は3回目の予約は入れずに店を出ました。

しばらくして、この元選手から私の体の調子を尋ねる電話がありました。勿論それは建前で、本題は再来店の促進。あまりお話が得意ではない印象で、「また来てください」とは言うものの再来店特典があるわけでもなく、普通にお話しして電話を切りました。

華やかなプロスポーツ選手の第二の人生は、一般人より20年近く早くやってきます。その年から新しい仕事を始めることが如何に大変かは、想像に難くありません。

手書きの封書DMが送られてきたこともありました。集客に苦労しているであろうことが、行間から伝わってくる内容でした。しかしそこに「お、これなら行ってみよう！」と思わせるプランの提案はなかった。消費者の立場になると、私は損得勘定に敏感になります。誰でもある程度はそうでしょうけれど。

お店のことをすっかり忘れたある日、私はタクシーで西麻布を通りすぎました。同じ場所に、違う名前のマッサージ店がオープンしていました。それを見てなんとも言えぬ湿った気持ちになりました。

某選手の名前を必死で思い出しネットで検索したら、ブログは去年の秋で止まっていました。仕事の悩みについて王貞治さんの言葉を引用して書いた記事が最後の投稿。

やり場のない気持ちと下衆（げす）な好奇心が重なり、私は同じ場所の違う名前の店を訪れました。店内は以前のまま。スタッフはイマイチ覇気がなく、しかし客を定期的に通わせるシステムは秀逸で、技術力がないわけでもない。私が施術を受けているあいだにも予約の電話がよくかかってきていたし、なかなか繁盛している様子でした。お値段は40分6350円。体はそこそこ軽くなったものの、なんとも暗い気持ちになりました。うーむ、なんだかなぁ。

先日、久しぶりに元選手の名前を検索してみました。Ｗｉｋｉｐｅｄｉａには「社会人野球チームやアメリカのマイナーリーグ、独立リーグとさまざまな球団を渡り歩いた」末に日本のプロ野球球団と契約に至ったとありました。これだけのバイタリティーがある人なら、いまもどこかで頑張っているに違いない。無責任にそう願うことしかできない自分が、情けなくもあります。

オーナーに会いたくなる店

（70分7900円）

世に存在するサービスや商品は、人の欲望が生み出したもの。しかしマッサージジャンキーの私が願う、いくつかの「あとちょっと」がすべて満たされる店にはなかなか巡りあうことができません。

例えば、夜遅くまで営業しており、施術のバリエーションが豊富。コース内容の組み合わせは自由度が高く、施術者は経験豊富な手の冷たくない女性。店内は清潔で、気負わない程度にお洒落なら尚良し。施術はすべて広めの個室で行われ、心のこもったサービスを提供しながらも、値段は至ってリーズナブル。かつ、ロケーションは駅近に限る。

アーッハッハ！　笑止！　そんな都合のいい店があるわけがないだろ！　そう思っていました、昨日まで。でもあった。渋谷にあったんだよ。

雪崩のように下ってくる酔っ払いを掻き分け掻き分け、深夜の道玄坂を上がり切ったそのあたり。お世辞にも綺麗とはいい難い雑居ビルの4階に、桃源郷はひっそりと佇んでおりました。

建物の荒々しい表情に一瞬たじろぐも、一歩店内に入ればそこは住宅街にあるカフェのような和みの空間。施術者さんたちのウエアもカフェ店員さんのようで、ひらがな三文字の愛らしい店名が醸すイメージ通りです。

入口付近のスツールに腰掛けると、すぐに熱いおしぼりとお茶が出てきました。いきなりの高得点です。お次はアラビック模様の可愛らしいスチール桶で足湯。こんな素敵な桶見たことない！ そして足を揉まれながらのカウンセリング。なんという心地よさ！

このお店、実は決まったメニューがありません。こちらが指定するのは時間だけで、施術者は客の声を聞きながら、手揉み、タイ古式ストレッチ、足裏、オイルマッサージ、フェイシャル、足踏みを組み合わせてメニューを考える。つまり、メニューはお客様ごとにカスタマイズされる理想的なシステム！ 夢か！

カウンセリングの結果、疲労で浮腫んだ上半身は裸、コリの強い下半身は短パンというあられもない姿でマッサージを受けることになりました。そうそう、こういう柔軟性が欲しかった。

カーテンで仕切られた広めの個室で仰向け（体はタオルで隠す）になり60分、上半身は程よい圧を掛けながらのオイルマッサージ、下半身は足踏みで充分にほぐされました。This is 極楽。しかも追加で10分間の無料マッサージが受けられ、頭と首筋までトロトロに。この手のサプライズは嬉しいですね。深夜にもかかわらず、これで７９００円！

想像ですが、この店のオーナーは相当な金額をマッサージに突っ込んだに違いない。さまざまな店に通った揚句の「あとちょっと……」がルサンチマンとして溜まっていなければ、こんな業態を思いつくはずがないのです。

想像上のオーナーに親近感が湧き、私は再訪を胸に誓いながら足取り軽く店を後にしました。

満天の星……見えないじゃん！（70分6350円）

満天の星の下、うっすらと流れるヒーリングミュージックに身を任せ、とろけるようなオイルマッサージを受けられたなら……。嗚呼、どんなに幸せでしょうか。バリとかタイなどの避暑地へ行かないと、そんな夢は叶いそうにもありません。

今回訪れたのは、青山学院の裏手にある某リラクゼーションサロン。私の目を引いたのは、サイトにあった施術室の写真でした。なんと天井が星空仕様になっているのです。仕組みがよくわかりませんが、写真では施術中の女性の頭上に無数の光が輝いています。俄然興味を抱き、早速予約を取りました。

２４６から一本入った裏通りにあるそのお店は、アロママッサージが主な施術メニューでした。ビフィズス菌サプリのおかげで今年は多少楽な花粉症ライフを送っているものの、未だ鼻がムズムズすることもある。それが少しでも解消できればと、ミントを使ったヘッドマッサージのコースを選びます。

明るい待ち合い室で簡単な問診を済ませて施術室へ。ドアを開け個室に入り見上げれば、そこには満天の星！　どうやら天井に無数の穴があいており、その穴から漏れる光を星に見立てているようです。

が、しかし。複数ある施術室の天井はすべて繋がっており、個室といっても天井の少し手前まで高い仕切りがあるブース仕様。施術の前には部屋を明るくして着替えたいのだけれど、私のいる場所だけを明るくすることができません。なぜなら天井が繋がっているから。明るくしたら星が見えなくなっちゃうから。星はみんなのものなのだよ。

　星空は綺麗だけれど、着替えるにはハッキリ言って、暗い。すぐ目が慣れるわけもなく、手探りで服を入れるカゴを探し、紙ショーツをはいてベッドにうつ伏せました。そもそも、ヘッドマッサージなのに何故紙ショーツをはかねばならぬのか。あら。うつ伏せになったら、天井なんか見えやしないじゃない。

　ヘッドがメインかと思いきや、マッサージは背中やふくらはぎ、デコルテや首までに及びました。デトックス作用が期待できるというアロマオイルをジェル基材に混ぜ、それを塗布したあと上からオイルでマッサージ。初めて体験するその手法はとても気持ちの良いもので、技術力も文句なし。が、しかし。仰向けになったらなったで、今度は目元にタオルをかけられてしまう。いつまで経っても肝心の星空が拝めない！

　あれ？　これってつまり、着替えの時しか星が見られないってこと？　そう気付いたら可笑しくて可笑しくて、途中から笑いを堪えるのが大変でした。

値段は大変リーズナブルで、クーポンを使うと70分6350円。施術内容にはなんの文句もなかったのですが、やっぱり終わったあとの着替えも真っ暗な部屋で行わなければならず、いったいなんのための星空なのかとそれだけが疑問に残りました。

六本木で生姜天国！

（65分6360円）

今日は金曜日。本日最後のお仕事は、ラジオの生放送でした。我ながらお疲れ様でした。

時刻は22時。2時間しゃべり倒して温まった口とは反対に、足は冷え冷えです。半サテライトスタジオなので、どうしても外気がドアの隙間から入ってきてしまうのです。華のフライデーナイトに、冷えた足を引きずって帰宅するなんて悔しい。こういう時こそ、金で解決しようではありませんか。

私は原宿からタクシーで六本木へ向かいました。以前から気になっていた「生姜桶」なるものを経験するためです。六本木の外苑東通りに到着し、客より多い客引きの間をすり抜けてミッドタウンにほど近い雑居ビルの4階へ向かいました。

薄暗い店内に入ると、寝椅子に寝そべった店員さんが温かい笑顔で迎えてくれました。それ、お客さん用の寝椅子だね。いいんだ、いいんだ。中国系マッサージ店はこれくらいカジュアルな応対の方が私は好きです。

担当してくれたのは、身長150センチ前後の可愛らしい姑娘（クーニャン）でした。日本語もまだ描く、メニューも指さしで決めます。まずは足浴5分。メニューには「牛乳浴」と書いてあったけれど、施術前にトイレへ行ったら棚の上にバスロマンがたくさん置いてあったし、これ確実にバスロマンの匂いだね。まぁいいか。最初から生姜桶に足を入れるのではないのだな。

姑娘はバスロマン汁のなかで私の足首をゆっくりマッサージしてくれます。やや、こやつデキる！ ここで気持ち良さを実感できたなら、当たりも同然。この人は上手いに違いない。小さな体に見合わぬ強い力にうっとりです。

大雑把なことを言いますが、中国系の方は経験値にかかわらず、みなさん筋がいいというかなんというか、マッサージ上手な方が多い印象です。研修が良いのか、そもそも筋の良い人が多いのか、日本人のリラクゼーション系でたまに踏む地雷（恐ろしく力もセンスもない）を中国系で踏んだ試しがありません。不思議です。

足浴のあとは寝椅子に横たわり、25分の足裏マッサージ。つま先からかかとまでツボというツボを刺激されたあと、上から下へギュギューッと土踏まずを押し流す。このお姉さん、やっぱり筋が良い！ 私が犬だったら、クゥーッと声を漏らしていたに違いありません。最高の瞬間です。

そしてついに、満を持しての生姜桶です。ひざ上まで隠れる大きな木製の桶がドカンと目の前に置かれ、そこに両足を入れると、底のすのこのあいだから結構な熱が伝わってきました。そして漂う生姜の香り！　むせる！

言葉の壁があったので桶のシステムは理解できませんでしたが、どうやら桶の底に発熱物体と生姜が入っており、その熱と蒸気でひざから下を温める器具のようです。たった15分でしたが、ひざ下からつま先までちゃんと汗をかきました。

生姜の熱と蒸気で温められたあとは、足首から太ももまでのオイルマッサージ。太ももまでやってもらえると充足感もひとしおです。かなり強めの手法でしたが、ここで不覚にも寝落ち。あっという間の65分、深夜料金プラスで税込6360円。これは通うでしょ！

上機嫌で外に出ると、六本木の街はまさかのタクシー難民であふれていました。懐かしい光景だ。景気、いつの間に回復したんですかね？

麻布十番で生姜地獄！（90分8800円）

前回の生姜桶がたいそう気に入った私。ほかにも生姜系の店がないかと探してみました。するとびっくり、想像していたよりずっと多くのマッサージ店が生姜を使った施術を行っていることがわかりました。流行っているんですね。冷えに悩む人が多いことの証左でもあります。妊活のため、鍼灸院で生姜温灸を受けている人のブログなども数多く出てきました。

私がネットで見つけた麻布十番のリラクゼーションサロンは、生姜温熱療法なるものを推しております。背中を生姜で温めるとあります。足であれだけ温まったのだから、背中はもっとすごそうだ。ワクワクしますね。だって今週はこれぐらいしか楽しみがないんだもの。

駅から歩いてすぐの店に入ると、さすが麻布十番。英語と日本語のチャンポンで「ヘーイ！　8時ぐらいに行こうと思ってたよ。OK？　Are you gonna be there?」と甘い声がカーテンの向こうから聞こえてきました。どうやら外国人男性客のようです。電話のお相手は意中の女性でしょう。「早く会いたいよー」など甘い言葉を吐いて電話を切ると、彼は先ほどとは打って変わってクールな声で「女の子が待ってるから、早く終わらせて！」と施術者に伝えました。そうか、マッサージより女の方が大切か。信じられんな。

こちらのお店でも、生姜を使う前にマッサージが施されます。施術着に着替え隣のブースの盗み聞きにニヤニヤしながら背中を揉まれていたら、男性施術者さんが「お客さん、上半身ハダカになって」と私に言いました。突然のことに意味がわかりません。マジかよ。

曰く、生姜湿布を背中全面に貼るからブラジャーも取ってもらわないと困る。そしてうつ伏せになれ。着替えている間は外に出ているから。ですって。着替え中に外に出るのは当たり前でしょうが。背面とは言え裸体を晒すことにためらいましたが、好奇心に勝てずブラを取り、言われた通りうつ伏せになりました。

施術者の再入室とともに、室内にむせ返るほどの生姜臭が広がります。それがなにか見て確かめたいのですが、こちとら上半身裸なので、体を起こすこともできません。「ちょっとピリピリしますけど、生姜だからダイジョーブ」と施術者さんが言い終わるやいなや、体をよじりたくなるほど熱い紙なのか布なのかわからないビチャビチャしたものが背中に貼られていきます。腰回りに置かれたときの熱さと言ったら！　冷えているところはより熱を感じるようです。そのあとは生姜湿布の上に大量の蒸しタオルを置いて10分、背中は火が付いたように熱い。カチカチ山だ！　元来の貧乏性が災いし、耐えてしまったのが悪かった。カッカとほてった背中を帰宅後に鏡で見ると真っ赤です。アイアム因幡（いなば）のしろうさぎ！　温まったのは表面のみで、翌日にはヒリヒリだけが残りました。「生姜は毛穴から入ってコリを溶かしまーす」って施術者さんは言ってたけど、それ絶対ないよ。薬機法って知ってるかな……。まぁ、それを言うのはこちらが無粋ですね。

生姜ならなんでも良い、というわけではない。そんな学びでした。

機械だってイイ仕事をするんだぜ　（60分550円）

　春、地下鉄の駅ホーム。期待に胸躍らせ、新品のスーツから夢や希望が零れ落ちそうな瑞々しい新入社員たちが、スッと背筋を伸ばし電車を待っています。清々しいですね。そんなフレッシュマンたちを横目に、今日もどんより寝不足顔の女こと私。嗚呼、40代の徹夜はホントにつらい。

「銀河鉄道999」のように機械の体を手に入れられれば、徹夜ぐらいなんてことないはず。しかし、生憎私が乗っているのは、地下を走る普通の鉄道。終点まで行っても体は有機物のままでしょう。

　機械になれずとも、機械に揉みしだかれるのは大好物です。アナログレコード愛好家よろしく、「人間の手こそ、温かみがあり至高」と唱える人々に異論を申し立てる気はありませんが、実は機械も結構いい仕事をするんですよ。

　睡眠不足の朝、血の巡りが悪くなるのか、私の体は普段よりずっと冷えています。当然背中や肩はバッキバキ。冷えた体に強めのマッサージでは、痛さの方が勝ってしまう。まずはじっくり温めて……と湯船に浸かっても、深部の冷えは取れません。生姜には当たりはずれがあるしな……。

そんな日はラジオ波ですよ、奥さん！　通常はエステや美容クリニックに置かれている代物で、要は電磁波を体内に流し熱を生成して深部から体を温めるマシーン。美容クリニックと同じくエステでも痩身目的で使用されますが、エステで許可されている周波数の強さなんてたいしたことないはず（個人の感想）。しかし、効果が望めるもっと高い周波数のマシーンを使うことが許可されている美容クリニックでは、体の部位1カ所1回3万円ほどと、価格がべらぼうに高い。

そこで、だ。業界関係者のみなさん、ラジオ波をもっと有効に使ってくれないでしょうか。ラジオ波は痩身以上に、腹や腰などの広域を温めほぐすのに最適ではないですか。コリ解消を前面に打ち出したら、ターゲットゾーンが一気に広がるのに！

肝心のお値段は店によってまちまちで、私が以前通っていたところは60分5500円と意外にリーズナブル。エステをリラクゼーションのために使用すると、オマケでプリッと上がったお尻が付いてくるのでオススメです。

他店と比べて割安な理由をエステティシャンに尋ねてみたら、この店に在籍するエステティシャンは全員他店で働いたことのある経験者で研修費用がかからないこと、子育てしながらのエステティシャンが多く、フルタイムの正社員が少ないことを挙げていました。なんでもかんでも正社員が好まれるわけでもないんですね。

私が通っていた店舗はフランチャイズだったため、オーナーが別事業に乗り出すとかで先日閉店してしまいました。新しいお店ができたら連絡が来るはずなのですが、いまだ音沙汰なし。

寒の戻りが激しいので、そろそろ機械で芯から温めていただきたい。連絡お待ちしております。

冷えた体に灸を据えろ

（70分5700円）

ううう、夜の寒さが中年の骨身に堪える季節です。
「心頭滅却すれば火もまた涼し」とは言いますが、逆はとっても難しい。何枚重ね着をしても寒いものは寒いし、歩き疲れてお腹も空いたし、気分はマッチ売りの少女です。いや、40歳過ぎて少女なんて自称したら石が飛んできそうだし。でも、寒い……！

弱音ばかりの性根を叩き直す意味も含め、私は己にお灸を据えることにしました。寒さからくる冷えも金で解決だ。

調べてみると、鍼と灸を行う治療院は多々あれど「お灸のみ」の治療代をサイトに掲載しているところがなかなか見つかりません。銀座にせんねん灸の運営する女性向け治療院がありますが、こちらは来月末まで予約でいっぱい。「鍼はちょっと苦手なんだよなー」とインターネットを徘徊すること小一時間、ようやくお灸だけでも大丈夫そうな治療院を渋谷に発見しました。

訪れたのは宇田川交番そば、井ノ頭通りに面する雑居ビル。1階がサンマルクカフェです。古めかしいエレベーターを降りると、そこに鍼灸院がありました。お世辞にもおしゃれとは言い難い店内に掲げられるは、いくつものお免状。「鍼灸は国家資格！」という質実剛健ムードが、私の目に好ましく映ります。国家資格が必要な治療院とリラクゼーション系のお店では、まとうべき店内のムードが異なる。私はそう思います。あまりにハイセンスな治療院だと、技術を持つ鍼灸師さんを雇用するより、カッシーナの待ち合い用ソファに金を使ってそうに見えてしまう。これは偏見ですが。

私の担当は30代の男性鍼灸師さんでした。慢性的な凝りと冷えに悩まされていることを伝えると、背中がビローンと左右に全開する治療着に着替えることになりました。

これ、ブラジャーは外したほうがいいのだろうか？　「聞くは一時の恥」と己を奮い立たせ尋ねると、「肩甲骨にお灸が置けるなら、つけたままでも構いませんよ」とカーテンの向こうから慣れた調子で声が返ってきました。新規女性客から毎日のように尋ねられているのだろう。結果的には背中を開けられた時にブラがモロ見えになり、ストレッチの際には袖が短い治療着から腋下が丸見えになり、散々恥ずかしい思いをしたのですけれどもね。

しかし、そんなことがどうでもよくなるぐらい気持ちよかったよ、お灸！　家で試したときは背中につけられず、臭いもかなりきつかった。それを人の手にゆだねるとこれほど心地よいものだったなんて、私はまったく知りませんでした。

冷えのきついふくらはぎや足の裏はほとんど熱を感じず、途中から温度の高いものにチェンジ。そのあたりも臨機応変にやってくれたので感激です。70分のあいだに20個ほどお灸を据えられました。しかも全身マッサージ付き。これで初回は20％オフの5700円。安い！

帰り道では足全体のホカホカが感じられて最高の気分。少しお灸の痕がついたけれど、これも数日で消えるでしょう。この冬、私はお灸で乗り越えます！

コリアン美魔女の力技（70分8800円）

ごく稀にですが「癒し」よりも「痛み」を体感したくなることがあります。じんわり癒されるより、イテテテ！　となって効いている感（効果ではない）を味わいたいのです。

そんなマゾヒズムに取り込まれそうになる時、私の体はガチガチに凝った筋肉の上にパッツンパッツンに浮腫んだお肉がのっています。フワフワに見えて触ると硬いミシュランマンを想像してください。今夜のミシュランマンは、オイルでもって浮腫みを流され、凝り固まった肩甲骨にグイグイと圧を掛けられたくてたまらない。エステと指圧の中間ぐらいの施術を全身が欲しています。

痛くすればしただけスッキリするとは限りません。強いほぐしでミシュランマンらしからぬくびれができたとしても、それが永続的ではないこともわかっている。しかし、気持ちは揺るぎません。オイルマッサージをすれば浮腫みが軽減され、一時的に足や腹回りが細くなるのは現実。翌日に揉み返しが来ようが一時的だろうが、やりたくなったらやるんだよ。

ライトな痛みを感じたい時は、中国系や韓国系のアロママッサージ店が最適解です。今回訪れたのは、御徒町にほど近いお店。看板には「アロマテラピー」の文字だけが躍り、名前にまるで工夫がないところがむしろ良い。雑居ビルの3階という立地が「オイル使用痛い系マッサージ店あるある」としても完璧です。

数あるお店からなぜここを選んだかと言えば、口コミの評価がとても高かったから。やらせの口コミは数件読めばすぐバレますが、ここはお客さんたちが心から喜んでいるのがよくわかりました。これほど感謝の言葉が並んでいるレビューも珍しい。定期的に通っている人も多いようで、信頼できると言えるでしょう。

担当してくれたのは同世代のコリアン系美魔女でした。マッサージは期待通り力強く、決して高級ではないオイルを惜しげもなくバシャバシャ使って全身をくまなく流しまくります。期待通り、いや期待以上に痛い！！！

店内BGMはオルゴール調のトロイメライ。無限リピートです。美魔女の動きに無駄はひとつもありません。肘をガシッと摑んだかと思えば、浮腫んだ肉を親指と人差し指のあいだにしっかり収め、肩のあたりまでギュギュッと絞るように押し上げる。そして4本の指で滑らせるように脇の下へ。これだけの力技を身に付けるのにどれほどの期間を要したのでしょうか。彼女にも、セロ弾きのゴーシュのように下手くそと嗤(わら)われた日があったのかしら。美魔女はひと時も手を休めることなく、頭のてっぺんからつま先まで凸凹をコテンパンに潰していきました。細いのに力がある！

施術後、首の後ろのコブのようなふくらみは消え、腰回りもスッキリ。なるほど、こうやって目に見える結果を出すから、お客さんから感謝の言葉が絶えないのですね。「リンパの流れが悪い」「セルライトが溜まっている」というお決まりの台詞も聞けたし、痛みに耐え切った謎の達成感まで入手できました。途端に体が動くようになったので、帰路は自転車を1時間ほど漕いで遠回りして帰りました。

今週もしこたま働いた！　からのこの解放感、最高。70分初回8800円はお得と言えるでしょう。

まるで削りたてのパルミジャーノレッジャーノ（70分7500円）

買い物のあと、マッサージへ寄ってから帰宅するのが好きです。

先週は銀座を歩き回ってどっと疲れたので、ネットで適当に見つけた台湾系のお店に入りました。施術の前にトイレへ行くと、目に入ったのは壁に貼られた有名女性誌の記事。そのどれもが、この店の「台湾式足裏ケア」を取材したものでした。しかも絶賛！　ぬかった！　こっちのメニューにすれば良かった。

人気メニューのため要予約とのことで、その日の変更は叶わず。後日、敢えてかかとをガサガサにしたまま意気揚々と行ってきました。夏同様、冬も女の足は乾くので。

こちらの「台湾式角質ケア」は、シンさんという施術者さんしか担当できない特別なメニュー。よくあるかかと削りのヤスリや、野菜の皮むきピーラーのような器具は一切使いません。台湾から取り寄せた専用器具というけれど、見た目はナイフです。刃です。しかも柄がついていないヤツ。必殺仕事人が使いそうなヤツ。こんな物騒なもの初めて見ました。こんなのでかかとを削って大丈夫なのかよ。

物騒な道具の使い手とはまるで思えぬ笑顔を湛えた、親しみの塊のようなシンさん。

彼にいざなわれるまま足湯に浸かり、いよいよ角質取りスタートです。よく見るためにか、足元にはシンさんの手元を照らすランプまで設置されています。

トイレの女性誌記事に、施術はまったく痛くないとありました。とは言え使うのはナイフ。緊張していると、足の裏になにかが当たった感触がありました。ナイフに違いありません！　体を強張（こわば）らせるも、拍子抜けするほど当たりは柔らかです。定規で足の裏を軽くこそいでいるような、くすぐったさギリギリ手前の感触です。シンさんは来日して十数年とかで都内に詳しく、会話も自然に弾みます。その間も手は一切休みません。デキる職人の共通点です。

足裏の角質取りといったら女の専売特許かと思っていたら、お客さんには男性も多いそう。女性客にはネイルサロンの店員さんもいて、自分では対処しきれない足裏のお客さんを送り込んでくることもあるとか。プロが頼るプロ、プロのための店、スーパーで言うならここは足裏のハナマサです。

シンさんは私との会話を楽しみながら、しかし目で、手のひらで、私の足の裏をまんべんなくチェックし、小さな指の引っ掛かりも一切見逃さず丁寧に削っていきます。片足が終わったら、もう一方へ。終わった足には蒸しタオルが巻かれ、もう一方が終わるとまた最初の足をチェックして、一度で取りきれなかった箇所を細かくケアします。なんという丁寧さ！　プロフェッショナル極まれり。スガシカオの歌が脳内に流れます。

足湯も入れて70分、徹底的にケアされた私の足の裏は指の腹に至るまでツルッツルのフワッフワ。オイルを塗って完成です。私の足がこんなにスベスベになるなんて！恥ずかしながら削った角質を見せて貰うと、それはいままで見た自分の角質のどれとも違うものでした。とにかく、細かい。こんなに少しずつ削っていたのかと感激です。手元ランプに照らされうっすら黄色味を帯び、まるで削りたてのパルミジャーノ・レッジャーノ。これだけ削ったらすぐ乾燥するかと思いきや、2週間経ったいまもかかとはひび割れておりません。すごい。

コラム　疑似科学とのつきあい方

世に「疑似科学」なる言葉があります。大抵は否定的な意味で使われます。そりゃそうだ、「疑似」だもの。嘘やごまかしで人の弱みに付け込んだり、法外な金額を騙し取ったりする悪質な不安ビジネスは論外。あってはならないことです。

一方、女の美容関連業界には、真の科学者なら苦笑を禁じ得ない疑似科学商品やサービスが数多存在します。売り手と買い手がある種の共犯関係にあるような、不安ビジネスの一歩手前、つまり「びっくり&うっとりさせて欲しい」という期待ビジネスが幅を利かせやすい市場なのです。ただし、その「びっくり&うっとりさせて欲しい」の裏側には、（多少の誇張は許すが、こちらが致命傷を負わない場合に限る。致命傷を負ったら訴えるぞコラ！）という不文律が存在します。

十把一からげにされがちな女の疑似科学、その疑似レベルは多岐にわたります。例えば科学的に証明されていない事象に「物理ジェナティック波動」などそれらしい名前を付けたもの。科学的なデータはあれど、「それを人に応用するのは少し無理があるのでは……」と、素人の私でも気付いてしまうもの。あるいはスピリチュアルと絡め、目に見えないのをいいことに言いたい放題のもの。この3つを掛け合わせたものも存在します。

女の疑似科学では、根拠とされるデータの信憑性よりも、修辞語としての美しさが求められます。とにかく私の気分を上げてくれ！と、消費者が求めているフシもあるでしょう。だって、科学って時にツルッとしててつまらないんですもの。私は新しい発見に驚きたいのです。そして、できるだけ楽をしたい。辛抱と根気の方程式が導き出す、当たり前の結果には興味がありません。

黒と白の間に、広大なグレーが広がるのが女の美容ワールド。そもそも、多くの女性が信じているセルライトですら、いまだ科学的には存在が証明されておりません。それを知ったときの衝撃と言ったら！では尻や太ももの裏側にびっしりある、このオレンジの表面がボコボコしたようなものはなんなのか？マッサージで流せる老廃物ではなかったの？どうやら違うらしいですよ。ええ、「科学」ではね。

こういう話をすると「女はバカ」と言う輩が必ずおりますが、それは短絡的というものです。ならば男の精力剤は？毛生え薬は？モテる香水は？

貴殿の前にも広大なグレーゾーンが広がっているではありませんか。それ、本当に効くと思ってますか？

　つまり、疑似科学はコンプレックスと背中合わせなのです。これが命に関わる問題とセットになると完全にアウトですが、コンプレックスと背中合わせなうちは、微妙な商売として社会に許容され続けている。もっと言えばニーズがある。薬事法改め薬機法には常に抜け道表現があり、消費者庁や厚労省が厳しく取り締まったら、すぐに営業停止になるビジネスがゴマンと存在します。これを由々しき事態と見るか、そんなもんだろうと鷹揚に構えるか。コンプレックスビジネスに関しては、科学的根拠の乏しさが科学的造語で補完されていることに、買い手もうすうす感づいています。例えば誰かが「これが効くって！」と興奮して話し掛けてきた時、「それ、疑似科学だよ」と親切心から言おうものなら、せっかく熱くなっているところに水をさすなと冷たい目で見られることもある。本人も眉唾だとわかっているので。

　奇跡は起こせなくとも、日常に刺激が欲しい。コンプレックスが解消されたと一瞬でも感じたい。理性的な賢い判断をしたと思わせながら、テンションを煽り、この背中を押して欲しい。無意識にそう思っている人が、私を含めたくさんいます。実際に使用して「あ、変わった！」と思うことができれば、ディールは成立です。

繰り返しになりますが、嘘やごまかしで人の弱みに付け込んだり、法外な金額を騙し取ったりするのは論外。しかし、売り手と共犯関係にあることをどこかで認識しながらであれば、プチプラ疑似科学は楽しめるものだと思います。エンターテインメントの一環として。

問題は、それが「疑似」とは露ほども思わない人が男女問わずいること。命に関わる問題で致命傷を負う前に、むしろライトな疑似科学に騙され、学習した方が良いのかもしれません。真面目な人ばかりが損する社会は嫌なもの。しかし、社会には悪が必ず存在します。それを自分にとっての悪とするか否かは、自分のつきあい方にかかっている。疑似科学に関して私はそう考えています。

第3章　諭吉先生、出番です。

「神の手」について　（90分11250円）

働きづめの疲れた女なら、ここぞという時に頼れる「神の手」を確保しておきたいもの。

マラドーナの話ではありません。え？　マラドーナの話、わからない？　そりゃ君が若いからじゃ。もしかしたら、まだ「神の手」は必要ではないかもしれませんね。先々の備えとして聞いてください。

マッサージに関する「神の手」とは、この手にかかれば必ず復調すると確信が持てる、ゴッドハンドのこと。歳を重ね、以前より疲れが取れにくくなったと感じるようなら、有能なマッサージ師を見つけておいて損はありません。

リラクゼーションサロンやマッサージにはふたつの作用がある。私は常々そう思っています。ひとつは心の癒し、もうひとつは具体的な体のトラブル解決。神の手が必要になるのは後者の時です。「癒し」なんて悠長なことを言っていられない不具合が起こること、あるじゃないですか。非常時に身体をゆだねられる手を身近に見つけておくのは、女のサバイバルに必須です。

しかし「言うは易く行うは難し」なんですよ、これが。評判のアロママッサージ、技術はあってもセラピストと相性が良いとは限らない。街の整体院で凄腕に出会えても、店が夜遅くまで開いていないと通えない。人気のマッサージ師は予約が取りづらい……。越えねばならぬハードルは多数ございます。

この街に仕事場を構えてから、しばらくマッサージワンダラー（放浪者）だった私がついに出会った〝神の手〟の持ち主は、駅前の雑居ビル5階にある店のHさんでした。Hさんは30代半ばの女性。彼女の技術力は、横になった私の背中に軽く触れた瞬間わかりました。こやつ、デキる。

その日の凝り具合に合わせオリジナルの手技を採り入れてくれること、力強いが痛くないのは、神の手に必須のスペックです。Hさんは、そのどちらもお持ちです。ある夜、私は腰を痛めてHさんの店に駆け込みました。Hさんは、私がいくら「腰が痛い」と言っても、決して腰からは触りませんでした。痛むのが腰だとしても、元凶がそこにあるとは限らないと知っているからです。

足先からじっくりじっくりほぐされながら、これってなんか仕事に似てるよなーと思いました。目に見えてヤバい不具合があった時、いきなりそこに切り込んでも不必要な軋轢（あつれき）を生むだけで、解決とは程遠い結果を生んでしまうこと、ありますよね。例えば担当者の人的ミスだと思っていたら、実はシステム自体に問題があった場合など。

デキる女は、顕在化した不具合の元凶を目には見えない場所から探すのだな。トラブルに巻き込まれても、荒れ狂う大河の一滴がどこから始まっているのか、冷静に見極める力を私も養わなければ。

「お時間でーす」の優しい声に目を覚ますと、体はすっかり元通り。これで明日からもグイグイ働けます。Hさん、いつもありがとうございます。

注文の多い客　（2時間13500円）

例年なら桜の開花宣言を聞くころには治まる花粉症が、今年は桜が咲こうが散ろうが一向に落ち着きません。それならと薬を飲むのですが、相性の良かったザイザルもアレグラも、今年はなぜか効きすぎる。眠くて眠くて、丸一日使いものにならなくなるのです。

それでも、どうしても薬を飲まなければならない日もあります。例えばラジオの生放送がある日。鼻声では、リスナーさんに心配を掛けてしまいます。

先日は、薬を飲んだ翌日の昼過ぎまで強い眠気にまとわりつかれ、気付いたら3時間ほどソファで眠こけてしまいました。肘あてに頭をのせ、167センチの体長をソファに収まるよう折り曲げて惰眠を貪った結果、私の首は右側だけが極端に伸び、腰はカチコチに固まってしまいました。今すぐ神の手が必要な状態です。

幸運にも当日の予約が取れ、私は店に向かいました。優しい笑顔のHさんの案内でベッドに横たわると右隣のスペースからなにやら女性の声が。

「あ、もうちょっと上です。右、右。いや、その下。強く押して」「腕の付け根、左。

いや、右。そこ」。施術の流れなんかお構いなしで、ひっきりなしに指示を飛ばすお客さん。「お願い」って感じじゃないんですよ、完全に指示。声色が怖いし、命令口調。この店に下手な施術者がいないことは私の体が良く知っているのだけれど、相性でも悪いのかしら……。

すると、今度は左隣りのスペースにご年配の男性客が入ってきました。「本日はどちらがおつらいですか？」と施術者が尋ねれば「ん、任せます」と朗らかに一言。5分もしないうちに寝息が聞こえてきました。

左右の対照的なお客さんが帰ったあと、私はHさんに「いろんなお客さんがいるんですね」と、件の女性を思い浮かべながら意地悪く尋ねました。するとHさん、菩薩の笑みでこう答えるではありませんか。

「お応えできる範囲でお客様のご注文を聞いた方が、何度も来ていただけるようになるんですよ」

なるほど、わがままをきいた方が、客は離れられなくなる。真理です。

サービス業にかかわらず、すべてのビジネスに通ずる極意のひとつを聞いたような気がしました。クレーム対応には線引きが必要ですが、単なる注文の多い客ならば、そのリクエストにどれだけ真摯に素早く応えられたかで、こちらの評価が決まります。

注文の多い客に限ってせっかちだけれど、スムーズに対応できれば、客は自分が大切に扱われたと認識してまた来店する。注文の多い客は「注文に応えてくれる店」を探しているのですから。いやはや、勉強になったな。

Hさんのおかげで頭も体もスッキリしましたが、ソファ寝の代償は2時間1350円と、ちと高めになってしまいました。

仕事の極意に関する勉強代も含んでいると思い込むことにします。

ついにここまで！「ワンタイムで本客化」の波襲来（3回1380円）

見込み客を本客化する商売の手法として、ワンタイムオファーがあります。資料請求やお試しサンプル、初回限定特価など敷居の低い（買いやすい）商品で集客した見込み客に対し、商品購入直後に「いまこの場で即決すれば、定価より安い価格で次の商品なりサービスなりをご提供いたします」と提案し、リピーターに育てる方法です。長期間の熟考は許されず、割引はその場か数日間のみ有効なのがミソ。

大抵、見込み客を集める段とワンタイムオファーまでは集客経費と考えられ、サービスなり商品なりを提供する会社に利益は出ません。定価（もしくは定期）購入者として本客化して初めて、利益が得られる仕組みです。一人でも多く本客化しないと、会社は商売上がったりというわけです。

この手法はエステ系ビジネスで多用されています。初回1回限りのお試しコースにホイホイ吸い寄せられて行くと、帰りに個室に連れて行かれ「いまここで決めれば◯◯コース10回分のチケットが30％オフで買えます」とやられるアレです。

マッサージ系では、この手法を使うお店にお目にかかったことがありません。その代わり、購入枚数が増えると割引率が上がるチケットを勧めてくることが多いように思います。即決を迫り、心理的圧迫を与えるのをよしとしない向きもあるのでしょう。

先日、ここのところ急激に店舗を増やしている某マッサージ店に行きました。場所は都内のマッサージ激戦区のひとつ、麻布十番。どうやら人気は本物らしく、リピーターになったという声もよく聞きます。

施術終わりにフロントでお茶を飲んでいたら、担当施術者からワンタイムオファーの説明を受けました。内容は、1回分に換算すると30%オフになる3回分の回数券が今日だけ購入できるというもの。購入すれば、今日の支払いから回数券が使えるそうです。

おや、あなたマッサージ店でそれをやるの。なぜ？　好奇心に負け、私は3回13800円の回数券を購入しました。指名料もこの3回は無料だそうで、経営者としては「客を付ける道筋は立ててやるから、あとは施術者が自分でなんとかしろ」ということなのでしょう。3回目までの施術で魅了し、4回目の指名は自力で取れ、とね。

結果、施術者の言う「3回通えば体が変わってくる」を体感できず、私は4回目の予約を入れずに店を出ました。2度目のワンタイムオファーはなし。ということは多分、3回通って本客化しない客は追いかけても利益が出ないというデータが出ているのだろうな。

接客やオファー、随所にマーケティングマニュアルを感じさせる店でした。一言でいうと、情緒がない。それでも店舗数を伸ばしているということは、この方法が集客には効果的ということでしょう。

兎にも角にも、疲れを癒す場所での心理戦はお断りしたい。それが私の本音です。

至福のキャベツ剝がし　（2時間13000円）

疲れた。疲れすぎた。体もだけど、頭が疲れて眠れない。そんな夜、ありませんか？　私には多々ございます。脳がヒートテック、じゃないヒートアップしてCPUが熱を持ったままカリカリカリカリ音だけさせているような状態です。

残念ながら、人類はまだ脳揉みマッサージを開発しておりません。よって、こういう時はヘッドスパ。できることなら美容院のオプションではなく、ラグジュアリーなヘッドスパ専門店で、ゆったりじっくり時間をかけて冷却したい。

しかし、たっぷり時間が取れないとラグジュアリーなスパには行けません。どのメニューも最低で90分は必要です。で、たっぷり時間が取れないから脳がヒートアップしているわけで、結局は行けずじまいのまま時間が無為に過ぎる。これは激務女の悩みのひとつでしょう。行きたい、行けない、が5日続いた金曜の夜、私は自分にこう誓いました。「明日こそ、あそこを予約する！」

どっと疲れて布団から出られない休日は、たいてい夕方4時ぐらいから猛烈な後悔に襲われます。ぐったりでどうしようもないし、「まぁいっか」となるのが通常運転。

しかし今回は、己を奮い立たせて外出だ!

向かった先は、赤坂の住宅街にひっそり佇む高級ヘッドスパ専門店。古民家をモダン和風にリノベーションした一軒家です。ボロッボロの私を、稲森いずみ60%に春やすこ40%をブレンドした白肌の美女が笑顔で出迎えてくれました。施術者がイケメンだとひるみますが、美女だとなんだか嬉しい気分になるから不思議です。

高級店はその技術もさることながら、施設の美しさや、お客様を下にも置かない歓待ぶりでもてなします。これが最高! 料金の半分がもてなし代だったとしても、腹は立ちません。ほとほと疲れている時、誰かに圧倒的な優しさと気遣いでケアされるのって、心底嬉しいものですよ。金額だけの価値はある。

店の看板はヘッドスパながら、コースは背中と肩のオイルマッサージからスタートしました。美人施術者の温かい指が、ゴリゴリになった私の肩甲骨にぐいっと入り、老廃物らしきなにかをプチプチと流していく。思わずクフゥ〜と声が出ます。お次はチャクラが開きそうになる至極のシャンプー&ヘッドマッサージ。美容院のシャンプーは見習いさんがやるのでイマイチなこともたまにあります。その点、ヘッドスパでは洗髪のプロがぐいぐい頭皮を揉みほぐしながら洗ってくれるので気持ちの良さが尋常ではない。頭も肩も軽くなり、キャベツの外皮が3枚は剝けたような清々しさでした。

コースにはふくらはぎのほぐしや足指ホットストーンも含まれ、最後には個室でひとりゆっくりと、お茶とお茶菓子を頂きます。至福。

ヘッドスパ２時間１３０００円（税抜）。頑張って働いて、また行くぞ！

自腹だからこそ、ご褒美は耽美。

（100分18400円）

全身アロマッサージ、100分で18400円。お値段は相場の約1・5倍。この価格を正当化するのに、ぴったりの言葉があります。

Say　自分に！　ご褒美！

この言葉を考えた人は天才。己を甘やかすだけの行為を、自己を他者と捉え、労う（ねぎら）イメージにまで変容させたのですから。忘れてはいけません。ご褒美を受ける人と授ける人は同一人物です。

無論、己を褒め讃えるのは、鏡の中の自分に親指を立てる行為として非常に健全。しかし、「自分にご褒美」はもっともっと厚かましい。己を甘やかす罪悪感を消すためか、あたかも他者へ善行を施しているような錯覚までまぶす欲張り精神、あっぱれとしか言いようがありません。

お祝いとは一味違う「ご褒美」の労い要素と親和性が高いのは、自分がアップグレード、もしくはオーバーホールされたような気分になれるもの。アップグレードなら装飾品の購入や外食。オーバーホールなら下にも置かないサービスの体験、例えばビユーティー系や豪奢な休暇などでしょうか。

私の場合、物品による粉飾よりも、無形の癒しが気力回復に功を奏します。東京には私のような不良中年がゴロゴロおりますので、「疲れた！　頑張った！　いますぐ褒美に授かりたい！」とひとりごちる深夜にも融通の利く店がある。早朝までやっている高級スパがそれに当たります。誰かのウォンツが市場のニーズになり、そこにサプライが発生する資本主義万歳！　の瞬間です。

この手の店は、主に港区に集中しています。今夜は東麻布の某店へやってきました。私の重い鞄を施術室まで持ち運んでくれるセラピストさんに申し訳なさを感じつつ彼女の後を付いて行くと、そこは専用のシャワールーム付きのアジア風個室。シャワールームにはオリジナルブランドのシャンプーやボディーソープはもちろん、メイク落としまでがズラリと並んでいます。自宅風呂の２倍はある水圧で一日の疲れと崩れたメイクを洗い流してバスローブに着替え、備え付けの化粧水をお肌にパタパタと叩きます。うーん、セレブみたい。施術はお茶を飲みながらのフットバスからスタート。そしてめくるめく１００分マッサージ。これぞ自分にご褒美の完全形、四半期に一度のプチ決算です。

会計を済ませ待ち合い室でお茶を飲んでいたら、父娘ほど年の離れたカップルが施術室から出てきました。そろそろ私も帰ろうと腰を浮かせた瞬間、二人のお会計がうっかり耳に入ってしまった。その額、8万弱。すべて男性のお支払いです。顔は前を向いたまま、限界まで黒目を横に動かすと、そこにはなにがしかのブラックカードが置いてありました。

少し前の私なら、「若い時分に人からご褒美を授けてもらえる女もいるんだな。それなのに私ときたら……」と卑屈になっていたでしょう。しかし、もうその必要はありません。自分で稼いだ金で支払うからこそ、このご褒美は耽美だと40代の私は知っているのです。

しっかしなぁ、なんかこの店、引っ掛かるんだよなぁ。

かしずかないでマイ・ガール　（100分18400円）

先日、フラリ訪れたマッサージ店でのこと。

担当は20代の女性でした。どこかでお会いしたような面影だったので尋ねたところ、以前は某高級スパにセラピストとして在籍していたと言うではありませんか。まさに、「自腹だからこそ、ご褒美は耽美。」で訪れたお店です。なんという偶然。

便宜上、お店の名前を「A」としましょう。Aはアジアンリゾートをイメージしたインテリアや、個室ごとのシャワーなど設備の充実度、そして下にも置かない丁寧なもてなしが特徴の高級スパです。他店に比べ割高ではありますが、その分ほかでは受けられないサービスが充実しています。個室オンリー、すべての個室にシャワー室完備、などなどなど。早朝まで営業していることもあり、深夜に仕事先から直行したこともありました。

セクシーなサービスは皆無ですが、他店に比べ男性客が多いことも目に付く特徴でした。ＩＴ系、マスコミ系、儲かっている自営系、とにかくオシャレで羽振りの良さそうな男性ばかり。彼らの姿を60分２９８０円のマッサージ店で見掛けることはありません。カップルでの来店も多く、女性は皆モデルのように美しい人ばかりです。まぁ私を除いて、ですが。

さて、下にも置かぬもてなしが売りで、私もそれを堪能していたAですが、ある点でどうしても居心地の悪さを感じてしまうようになりました。それからは、泥のように疲れ「自分にご褒美」がしたくなっても、Aを避けるようになっていました。

Aの居心地の悪さは、すべて施術室の外で感じるものでした。まず、担当の女性セラピストさんが必ず私の荷物を持って部屋まで案内してくれること。次に、店を出るときには私が見えなくなるまで担当者さんが深々と頭を下げ見送りしてくれること。

そのどちらもホスピタリティーの一環だと理解はしているのですが、温かくもてなされた気分になるというよりは、私が彼女たちを下に扱っているようなうしろめたさが募ってしまう。セラピストさんが男女混合ならそんな気分にはならないのかもしれませんが、Aには女性セラピストさんしか在籍しておりません。

短い時間とは言え女同士のつきあい、そこは包み込むように労って欲しいわけで、かしずいて欲しいわけではないのにね。そう話すと、Aの元セラピストである彼女は言いました。

「わかります、わかります。Aはすべてのサービスが男性目線なんですよね」

なるほど。一発で合点がいきました。

Ａは成功した都会の男たちのオアシスなのです。しかも、社会的な仮面を外して上下関係なくリラックスする場所ではなく、社会と同じように、むしろそれ以上に俺を敬って欲しい時に行くところ。自分の凄さを改めて確認しに行くところ。

労いのホスピタリティーとかしずきのホスピタリティー。これは似て非なるもの。前者は双方の立ち位置に上下はなく、後者には明確にそれがある。敬うために女性セラピストの地位が下がるのは、女性客としてはいただけません。

荷物持ちと見送り、やめてくれたらまた行くのにな。

いまそこにあるハワイにて

（2時間半24000円）

今年のゴールデンウィークも長期旅行には行けず仕舞い。思えば7～8年ほど、ちゃんとした夏休みを取っていません。嗚呼、ハワイのビーチでのんびり休める日はいつかやってくるのでしょうか。未来が見えない！

そんな無念を晴らすべく、今回はハワイアンロミロミに行って参りました。ロミロミはハワイの伝統的なマッサージで、「ロミ」には揉む、圧す、などの意味があるそうです。指、手のひら、そして肘を使います。

海外旅行代わりのマッサージですから、値が張ったコースを選んでもバチは当たらないだろう。都合の良い言い訳を手に入れた私は、麻布の小高い丘の上にあるロミロミ専門サロンを予約しました。なんと、2時間半でお値段24000円！　うむ、旅行価格！

住宅街にひっそりと佇むこちらのサロン、付近に着いてから15分も道に迷うほどの隠れ家っぷりでした。コーポ○○風のアパートの奥、通行が若干困難なくらい生い茂った緑を掻き分けると、目の前にいきなり現れたのはシーンと静かな木陰のテラス。

え、ここどこ？　アンティーク調にフルリフォームした室内はまるで、ハワイ山岳部のコテージのようです。最高！　期待に胸が高鳴ります。
「気になるところはございますか？」とセラピストさんに尋ねられ「全身です」と前のめりに答えた私の期待は、次に続く彼女の言葉で打ち砕かれることになりました。曰く、このコースはマッサージに加え、波動？　を送るヒーリング？　とセットだとか。波動は溜まった疲れを取り除くのにも良いらしいのですが、よりによってヒーリング！　私にとってそれは、スピリチュアルに並ぶ苦手なワードです。窓から差し込む光と輝く緑がまぶしい室内、笑顔のセラピストさんとは対照的に私の顔面が固まります。

　しかしまぁ、ハワイ旅行を想起した時点で、私がなにがしかの「癒し」を求めていたことは否めません。加えて、２４０００円も支払うのです。これは乗っかった方が楽しいに違いない。私は覚悟を決め、俎板（まないた）の鯉よろしくパンツ一丁でベッドに寝そべりました。

　正直、マッサージはそこそこ。肝心のヒーリングは、目にタオルがかかっていたのでなにをされていたのか皆目見当がつかず。お腹のあたりに波動を送るとかなんとか言っていたけれど、私が鈍いのか腹の肉が厚すぎるのか、なんのウェーブも感じられぬままでした。あーあ、と心の中でため息を吐（つ）いたら、今度は窓の外から大声でＫｉ ｒｏｒｏを歌う男性の声（ド下手！）が聞こえてきました。旅のデスティネーションが一瞬にして沖縄に変更されました。その後も謎の波動を送られ続け、結局私は、いつものように寝落ち。

それから30分ほど経った頃でしょうか。横になったまま目が覚めると、お腹のあたりが温かく重いのを感じました。ホットストーンが置かれているのかと思ったけれど、手で弄(まさぐ)っても腹にはなにも載っておりません。え、なになになに。疑り深い私の万年冷え腹を温めるなんて、ヒーリングとやらもなかなかやるわね。

担当してくれたセラピストさんの前職は、外資系金融のセールスだったそうです。毎日数字に追われ、顔つきも険しかったとか。

そうか、君も疲れていたんだね。流れ流れて、このプチハワイにたどりついたのか。疲れた人を癒す人に変えるなんて、ハワイの底力は計りしれんな。

一緒にすっとぼけてくれないか?
（3回分10800円）

昨夜はクーラー強めで寝てしまったせいか、朝起きて着替えたらジーンズのふくらはぎがパツンパツンでした。ひどい浮腫みです。広尾にヨモギ蒸しとラジウム温浴の店ができたと聞いて早一年。今こそ、その威力を体感すべしと予約を入れました。ヨモギだけでなく、改善したい体調に合ったハーブを加えて蒸すのがこの店の売りだそうで、エイジングケア、ダイエット、美肌、デトックス、リフレッシュ、リラックス、更年期と7種類のブレンドレシピが用意されています。私はデトックスブレンドを選びました。

店員さんは「それ以外にお悩みは……」と私の体をチラチラ見ながら尋ねます。わかってる。「ダイエットは?」って言いたいんでしょう?

全国のリラクゼーション施術者さんたちに、大きな声で伝えたいことがあります。肌、体型、年齢などなど、見るからに改善すべき不具合が認められても、こちらがすっとぼけている時は一緒にすっとぼけていただきたい。指摘を受け止めるだけの気力体力がなくなったから、リラクゼーションサロンに来てるんだもの。

ある女友達は、マッサージへ行くたびアンチエイジングに良い食べ物の話をされるとウンザリしておりました。老けを感じさせるのは自分でもわかっているけれど、放っておいて欲しい日もあるのです。なんでもかんでも改善されれば良いというわけではありません。加えて、例えば尋常ではない肩こりの持ち主をケアすることがあったとしても、「これは酷いですね！」と口に出し同意を求めないでください。あ、これは私の好みかもしれません。私は「酷いですね！」と言われると、うるせぇよと思ってしまうタチなのです。

さて、まずは手足だけを湯につけるラジウム温浴を30分。これは10年前に大流行したゲルマニウム温浴と同じ器具ではないか、懐かしい。ゲルマニウム温浴に3日にあげず通っていた時期もあったなあ。今よりずっと「美容」に気を遣っていたあの頃ですが、40代になった私が専ら（もっぱ）気になるのは「美容」より「健康」です。

汗かきな体質もあってか、あの頃と同じように、ラジウム温浴でもあっさり大量発汗できました。発汗機能が10年前から衰えていないとわかっただけで、嬉しい気分になります。さて、次はヨモギ&ハーブ蒸しを30分。ハード！　でも、やるんだよ！

裸体になって顔から下をマントで覆い、真ん中にぽっかり穴が開いた椅子の上に尻を乗せ、膝を抱えてふたつの穴に蒸気を当てる。傍から見たら気落ちした汗だくのてるてる坊主といったところでしょう。

男性がこれを読んだら、女ってのは不思議なものに金を払うもんだなと失笑しそうですが、屁理屈の塊みたいな私だって、たまには理屈の先に明るい未来を見たいと思うのです。真偽のほどは別として、尻の穴から健康パワーを吸収したいのです。お陰様でふくらはぎの浮腫みは取れ、体も軽くなりました。３回チケットが１０８００円だったので買っちゃった。だって、通った方が効きそうじゃない。

考え事が止まらないなら（60分11300円）

「もしかして、頭がぐるぐる回りっぱなしですか？」

仕事終わりに立ち寄った馴染みのマッサージ店で、ゴッドハンドのHさんが言いました。トドのようにベッドへ横たわっていた私は、驚いて半身を起こします。頭を触っていたわけでもないのに、どうしてわかるのでしょうか。

事実、その日の私はずっと考え事をしていました。せっかくの施術中も「進行中のあのプロジェクト、このままではトラブルが起こるからなんとかしなきゃ」「書き進められていない原稿、別の切り口ならどう書き始める？」「あ！ メールの返事してないや」などなどなど。ブツブツひとり言を言っていたわけでもないのに、Hさんにはそれがバレバレだったようです。

Hさんに尋ねると、脳がフル稼働している時は体にその反応が出るので、頭を触らなくともリラックスしているか否かはすぐわかるのだそう。普段から触っている体（常連客）ならば尚更でしょう。

私はどこかで、体さえ揉まれていれば、頭は稼働させていても疲れは取れると思っていました。どうやら大間違いだったようです。脳が疲れていれば、体も疲れたままなのね。

Hさん曰く、頭のフル稼働を止める必殺技は、二人がかりで頭と足を同時に揉むこと。複数の人間に体を触られると、揉まれる側の意識が散漫になり、結果的にボーッとできるのだとか。次は必ずそれをやる！　そう誓って、その夜は店を後にしました。

次に私がHさんの店を訪れたのは1カ月後。

担当してくれたのはHさんとその弟子のMさん。まずは弟子のMさんが、足裏と膝から下をクリームで徹底的にマッサージしてくれます。Mさん、さすがHさんの弟子だけあって上手い！「あ～うぃいいい～」と変な声を上げていたら、Hさんが容赦なく私の頭を揉み始めました。またしても「う～ヒィ～」と変な声が出ます。数多のマッサージを体験してきた私ですが、体の両端をグイグイと揉まれる快感を生まれて初めて知りました。

二人がかりのマッサージを受けると、言われていた通りどちらの刺激に意識を向けてよいのかわからず、脳のCPU回転が極端に遅くなり思考がどんどん鈍くなっていきます。施術中、他にお客さんがいなかったのでHさんと会話をしていましたが、途中からは問いかけに答えられなくなる始末。まるでなにも考えられないのです。

また、副産物として圧に強くなることもわかりました。普段なら「イテテテ」と過敏反応する圧しの強さもまったく問題ありません。なすがままとはこのことよ。昇天寸前、目隠しタオルの下で白目を剝いていたに違いない。

頭が回転したままだと体の緊張が取れず、せっかくのマッサージも十分に功を奏さないことがある。悩んだHさんが編み出したのが、この「頭頂部&ひざ下のダブル集中マッサージ」です。天才!

施術後、あまりの感動に「この施術に名前を付け売り出すべき!」とHさんに伝えました。私が勝手につけた名前は「ダブル・ヘブン」。天国ふたつ分の価値アリです。

この同意書には同意できません（120分15000円）

　5年ほど前からでしょうか、リラクゼーション系サロンに行くと、個人情報といくつかの質問に答えるカルテのような紙のほかに、同意書へのサインを求める店が増えてきました。

　同意書の概要はどこも似たり寄ったり。治療目的の医療行為ではないことを理解しているか、怪我や病気をしていないか、施術者への迷惑行為の禁止、施術のあとトラブルがあっても基本的には自己責任であることを承知するか、などなどです。基本的に、同意書にサインをしなければ施術は受けられない仕組みになっています。ちょっと興ざめすることもありますが、これはこれで、トラブル回避に必要なシステムだと思います。

　いつもならサラッと読んでサインしてしまうこの手の同意書ですが、今回訪れた恵比寿の某ロミロミ店では、そうはいきませんでした。なぜならその同意書には「私には『該当者は施術を断る』と明記された項目に該当するものがある。故に施術を断られたが、私の強い要望によって施術を受けることにした（大意）」とあったからです。

なんと自分勝手で横暴な文章でしょう。

私には施術を断られる疾患などひとつもありません。泥酔等もしていませんでした。ですから、セラピストさんに断られてさえおりません。なのに、セラピストさんは「同意書にサインしていただかなければ、施術が始められませんので」なんて言うのです。これでなにか起こったら、私が全面的に悪くなってしまうではないか。ふざけるな。

めんどくさい客認定されるのは承知の上で、「これにはサインできません」とセラピストさんに伝えました。そんなことを言われたのは初めてだったのでしょう、彼女は「う、上の者に確認してまいります！」と焦って部屋を出て行きました。

待つこと数分。「施術を受けるための同意書なので、やはりこちらにサインして頂かないと……」と、伏し目がちにセラピストさんが戻ってきました。

いやいや。そういうことじゃなくて。

20代前半とおぼしきセラピストさん、同意書についての詳しい説明を、お店の運営者から聞いてないんでしょうね。それではと私から説明をしましたが、ウッという顔をしたまま固まっています。まるで「そんなこと、私に言われても」と顔に書いてあるようでした。

こりゃあ埒（らち）が明かないな。そう思った私は、「それでは今日は結構です。失礼します」と席を立ちました。すると、彼女が言うところの「上の者」さんが、少し開いた扉からサッと目配せをするのが見えました。どうやらドアの外で立ち聞きしていたようです。結果、同意書にサインせずとも施術を受けられることになりました。

マッサージは丁寧で力強く、セラピストさんは2時間びっちり、一生懸命私の体に向き合ってくれました。施術者の技術は高いのに、店の運営が惜しいなんて理不尽過ぎる。こういう若い人が長く気持ちよく働けるよう、店舗運営者はしっかりとした認識を持って頂きたいものです。なんでもかんでも、責任回避できればよいというものではなかろうに。

後日、前を通りかかったら、店は跡形もなく消えていました。そりゃそうだ。

雄弁な手のひら

（90分19800円）

マッサージ店やリラクゼーションサロン巡りを趣味にしていると、ハズレのお店を引くことも当然あります。

私にとってハズレだからと言って、誰にとってもそうだとは限りません。相性やご縁は人それぞれ。それどころか、別の日に同じ店に行き「アタリ！」と私が感じることすらある。肉体の接触によるコミュニケーション＝マッサージですから、双方のバイオリズムがハーモナイズしてピタッとハマることもあれば、ほんのちょっとしたズレから大きなハズレにたどりついてしまうこともあるのです。今回のお店も、そんな理由だったと私は思いたい。

いつもならちょっとググれば店の名前がわかるように書きますが、今回は「都内某所の某店」とさせていただきます。

私がこのお店を選んだのは、インディバによる全身マッサージを売りにしていたからでした。冷え性で肩凝り持ちの私によく効く施術で、冬本番を前に体を芯から温めようと思ったのです。

見つけたお店を調べてみたら、親会社は誰もが知る大手住宅メーカー。スポーツジムも運営しているようで、こんな多角経営をしていたとは知らなんだ。

少し早めにお店に着くと、待ち合いスペースには施術終わりのお客さんが数名いらっしゃいました。施術者さんへのフレンドリーな接し方を見るに、どなたもご常連。お見送りをする施術者さん方も手練れとしか言いようのない風格で、「うむ、これなら安心。フェイシャルまでつけた私の判断は正しかった！」とニンマリしました。

程なくして、先ほどまでの施術者さんたちとは少し印象の異なる女性が私の前に現れました。なんだかオドオドしている様子。彼女が本日の担当者です。

小さな声のおぼつかない説明を受けながら、私の胸にうっすらと暗雲が立ち込めます。この人、心ここにあらずではなかろうか。

悪い予感は施術開始10分で確信に変わりました。「下手」と言ってしまえばそれまでですが、力の加減や触り方など、彼女の意識が私の体に集中していないことがバレバレです。もしかして、この仕事を楽しんでやっていない？　それとも、なにか嫌なことでもあった？　なんなら話聞こうか？

体を触る仕事は、隠しておきたい感情が相手に伝わってしまうもの。こちらの気分が手のひらを通して施術者さんに伝わるように、施術者さんの気分もこちらに丸わかりなのがマッサージの恐ろしいところです。パンツ一丁でこの身を晒している私としては、これほど無為な時間もありません。あーあ、今日はハズレだ。

90分19800円。いやぁ、長かった。高かった。ため息とともに起き上がり鏡を見たら、クリームが鼻筋にべっとり残ったままでした。フェイシャルぐらいはちゃんとやって欲しかった。私は半べそでクリームを顔に擦り込みました。

元・野良犬へのプレゼント（60分10800円）

なんということでしょう！　近所に住む長年の女友達が、41歳にしてめでたく結婚しました。クララが立った！　並みの感激です。おめでとう！

慶事には間違いないけれど、夜中のTSUTAYAに自転車で乗り付けたり、朝方の24時間スーパーでゲラゲラ笑ったりする仲間が遠くへ引っ越してしまうのは、とても寂しい。野良犬みたいな未婚仲間が、また一人減ってしまいました。

先週の日曜日のこと。引っ越しの準備で慌ただしい彼女の家に、もうすぐ初めてのひとり暮らしを始める20代女子が洗濯機や掃除機をもらいに行くというので、私も遊びに行ってきました。

新生活への期待と不安がないまぜになった20代女子とは対照的に、年貢納め感バリバリの元・野良犬中年女は額に「平・常・心」の三文字が横一列に刻まれているかのよう。賑やかなこの街から閑静な住宅街への移住に多少不服なようですが、そりゃあ贅沢ってもの。これからは落ち着いた生活が始まるんですから。とは言え、同じことが自分の身に起こったら「都落ち！」と騒ぎ出すに違いないので、気持ちはよーくわかる。私たち、孤軍奮闘で好き勝手に生きてきたもんな。

20代女子は譲り受けるものを譲り受け、颯爽と帰って行きました。残った私は引っ越し準備の労いも兼ね、元・野良犬を連れて足裏マッサージに行くことに。お祝い代わりに、足裏の角質取りもセットでプレゼントします。

かかとをゴリゴリ削られながら互いの近況に茶々を入れ、二人とも相変わらずよく働いていると讃え合う。ついこの間までは仕事終わりに連絡を取り合い、近所の喫茶店でこうやって小一時間おしゃべりするのがなによりのストレス解消だったけれど、それも数年後には懐かしい思い出になってしまうのでしょう。

「人差し指が親指より長いと、親より出世するんだって」

彼女が私の足を指さしながら言いました。おお、確かに私の足は親指より人差し指のほうが長い。次に彼女は自分の足を指さして言いました。

「私たち、どっちも親より出世するね」

うん。そうに違いないよ。こんなに一生懸命働いているんだもの。

フットバスのあと10分間で取れた角質の山は、どちらも恥ずかしいほどにこんもり。年齢に比例でもするのでしょうか。肝心のマッサージでは、痛気持ち良さに二人ともあっさり轟沈。睡眠不足が祟っているのだろう。

目が覚めたらかかとはすべすべ、ふくらはぎはスッキリ。「いつか女友達みんなで台湾へマッサージ旅行に行きたいけれど、休みが合わなそうだね」なんてボヤきながら店を後にし、それぞれ帰路につきました。そっかー、結婚しちゃうのか。60分2人分で10800円。末永くお幸せにね。戻ってこないでよ。

胃腸だって凝るんだぜ

（90分15000円）

40歳を過ぎ、冷たい飲み物で胃が冷え込むようになりました。にもかかわらず、この夏私は暑さに任せて冷たいものを飲みまくった。暴食もした。結果、みぞおちから下腹部までが油粘土のように重く硬くなってしまったのです。温かいものを飲んでも、湯船に浸かっても、一向に改善されません。

こういう時こそ、働く女は金でトラブル解決です。今回はお腹の動きを活発にすると言われている、腸マッサージを麻布十番で体験してきました。

腸マッサージ（という名のお腹マッサージ）自体は、オプションとして存在する店もあります。が、時間はたいてい10分から20分。それではどうにもならんと思い、今回は「チネイザン」という謎の施術を謳うこのお店を選びました。施術内容は60分のチネイザンと背中マッサージで90分15000円。うむ、安くはない。

セラピスト兼オーナーの女性は、浮腫み、くすみといった滞りとは無縁なスレンダー美人。女性らしい体の線が魅力的です。背中の肉がブラジャーに乗り、お尻がピーマンのように扁平（へんぺい）になった私とは大違い。腹を揉まれれば、私も変身できるのかと胸が高鳴ります。

　まずはホットストーンで十分に背中を温め、オイルでバックマッサージ。夢と現のあいだをウロウロしたら、次はお待ちかねのチネイザン。道教で生まれたヒーリングとのことで、あ、これもしや私の苦手なスピリチュアル系？　と身構えたものの、蒸したハーブボウルでお腹全体を温められ即ノックアウト。仮死状態だった体の中心が息吹を取り戻したような、長い冬のあとの春の訪れのような喜びすら感じてしまいました。

　時に優しく、時に強く4本の指をお腹に差し込むセラピストさん。内臓を動かすようにヘソ下深部をグリグリ刺激したり、はたまた横隔膜をせり上げるように指を滑らせたり。粘土腹が恥ずかしいほどグルグルと音を立てます。かなり深部までグイと指を入れられますが、痛みを感じることはありません。リラックスモード全開です。

　チネイザンを受けるまで、私の腹部右側は他の場所に比べて冷たく、左側上部は硬く、バランスの悪い状態でした。こればかりは低温のカイロを貼っても効果ナシ。しかし1時間かけて丁寧にマッサージをしてもらったら、お腹はふっくら柔らかになりました。張りや腫れが減ったとも言える。肩首の凝りに比べると自覚はありませんが、腹部全体が柔らかくなると、普段の腹が如何に停滞していたのか良くわかります。

　施術が終わり、お茶を飲みながらセラピストさんと少しお話をしました。彼女はもともと金融機関で働いていたそうです。働きすぎの疲れを取るため、日常的にマッサージへ通っていたとのこと。まるで今の私ではないか。その後、感銘を受けるようなマッサージに出会い、仕事をセラピストに変えたのでした。

そういえば、以前訪れたハワイアンロミロミ施術者の方も、その前は外資系金融でバリバリ働いていたと言ってたっけ。過労が祟って体を壊し、ハワイでロミロミに癒されセラピストに転身したと聞いたのを覚えています。

激務の末にある幸福とはいったいなんだろうか、私が追い求めている理想は、果たして私を幸せにするのだろうか？　セラピストさんお手製の酵素ジュースを飲みながら、柄にもなく考え込んでしまいました。

芸能人じゃなくたって（1回10800円ちょい）

歯のくすみ、気になりませんか？　私はなります。

ここ数年、過去に治療した虫歯がうずいて歯科医院へ行くことが増えました。口腔内をまじまじと見る機会が増えた結果、私の歯は見た目の清潔感に欠けるということに気づいてしまった。全体的に暗く、クリーニングをしてもパッとしません。治療のついでに相談したところ、中年になると歯と歯茎の色が沈むので、そのせいだろうと言われました。あーあ、またしても年の仕業か。解決策として提案されたのはホワイトニング。芸能人じゃあるまいし、真っ白な歯になってもなぁと、その日は家へ帰りました。

帰宅後にネットで検索してみると、驚いたことに、ホワイトニングについて書かれたブログ記事がいくつもヒットしました。非・芸能人のホワイトニング経験者は思ったよりずっと多く、しかも、みんな若い！　20代から歯の見た目を気に掛けるなんて、虫歯さえ放っておいた己の20代には考えられない話です。中年が最も失ってはいけないのが清潔感と言いますが、若人の方がずっと意識が高い。こうしてはいられません、私も試しにやってみなければ。

改めていつもの歯科医院で予約を取り、診察台に横になります。大きく口を開けて色見本に照らし合わせると、私の歯は日本人の平均としてはやや暗いことがわかりました。予想していたこととはいえ、ちょっと落ち込みます。

私の通う歯科医院のホワイトニングには2種類ありました。ひとつは歯科医院で行うオフィスホワイトニング。所要時間30分で1万円。いまより2段階ほど明るくなるそうですが、目でハッキリわかる白さにはならないそう。

もうひとつはホームホワイトニング。歯型を取り、薬剤を塗ったマウスピースを毎日2時間ほど家ではめます。こちらは2週間で、白さがはっきりわかるそうです。

歯科医師からはホームホワイトニングを勧められましたが、毎日のマウスピースは正直しんどい。いつだって、美の追求は面倒くささとセットなんだから嫌になりますね。熟考の末、初回はオフィスホワイトニングを試すことにしました。

まずは塩のスプレーを歯に吹きかけ、歯についた色素の汚れを落とします。塩の粒がピシッピシッと唇に飛んできてやや痛い。そのうち、口腔内がじんわりと塩味を帯びてきました。塩スプレーで汚れを落としたら、口を開けっ放しにする器具をはめ、前歯の上下12本に薬剤を塗って合計20分ほど光を当てます。沁(し)みたり響いたりは一切ありません。

うつらうつらのうちに施術は終わり、口をすすいで鏡を見ます。あら、ちょっと明るくなったのでは？　色見本を当てると3段階も明るくなっています。しかし、パッと見で白いとは言えぬ自己満足レベル。わかっちゃいたけど、悔しい。

こういうのは一度やるとますますやりたくなるもので、今はマウスピース購入を真剣に考えています。渋谷や六本木にはセルフのホワイトニングサロンがあることもわかり、ウェブサイトを見るとギャル系モデルや青文字系モデルがわんさか通っている様子。なんだなんだ、歯のホワイトニングってもはやエステじゃない。

いやー、おばさん完全に取り残されてたわ。

小顔にドライヤー!?（1台15600円）

髪の悩みは中年男に限った話ではありません。女も中年になると、薄毛や毛質の変化、白髪の増加に気持ちがひんやりするものです。

子どもの頃は「太い・硬い・多い・くせ毛」の四重苦だった私の髪も、最近ではへたって艶もなく、頭頂部に切れ毛がホワホワ目立つようになりました。そういう女が多いのでしょうか、高機能ドライヤーと呼ばれる高額商品がそこかしこで目に付くようになりました。「乾かすたびに美髪になる」と謳う商品です。

女なら1台は持っているが、スマホと異なり壊れるまでは買い替えモチベーションが高まらないドライヤー。そこに殴り込んできたのが、昨今の高機能ドライヤーです。遠さまざまな意味で私が一番ワクワクしたのは「痩せる高機能ドライヤー」でした。遠赤外線の作用で血流が良くなり、老廃物が流れるとかなんとか。なんと夢のある話でしょう!

しかもこの商品、周りの40代以上の女性がこぞって買っているのです。髪も綺麗になり小顔にもなると。そんな馬鹿な! ゲラゲラ笑いながらも私の好奇心はむくむくと肥大していきました。消費者が気付けない隠れたニーズを掘り起こしてこそ商機が生まれると言いますが、これを発明した人は天才です。疑似科学？　まぁそうとも言うかもしれませんね。

物理的に体重が減少する「痩せ」でないことは、消費者の私たちも重々承知です。しかし、そんなこたぁどーでもいいんですよ。限りなく黒に近いグレーを自己責任でたしなむのが女の美容マーケットであり、ロジックよりも思い込み含めての体感を重視したいのだから。

そして遂に、高機能ドライヤーと対面する日が私にもやってきました。場所は美容院。美容師さんの手には、最新型の「痩せる」ドライヤー。既存のそれより3割程安くはありますが、まだ15600円もします。普通のドライヤーは5000円以内で買えますから、かなりの高級品です。

濡れた頭を乾かしてもらうと、遠赤外線のおかげか、いつもよりしっとりと髪がまとまります。うん、これはいい。さて、次はお待ちかねの顔痩せです。もう一度言いますが、ドライヤーで温風を当ててるだけで小顔になり、目の位置も変わるというのです。そんな面白いことが起こっていいのでしょうか。

温度を低温に設定し、生え際からてっぺんに向かって頭皮に風を当てます。次に首。そして顔面。エステ器具と同じ要領で、顎先から耳元に向けて、上へ上へと風を当てる。効果がわかりやすいように、半顔だけ。施術中は眼鏡を外していたので、私はなにがなんだかわかりません。なすがまま温風を当てられること、時間にしてほんの2分。「さ、鏡を見てください」との美容師さんの合図で眼鏡をかけると……。ウソ！　たるみが気になる右側の顔だけ引き締まっている？　目の高さもグッとアップ！　あまりの衝撃に、静かな美容院で大声をあげて笑ってしまいました。美容師さんは誇らしげな笑みを顔面に湛えています。

いやー、面白い。育成光線とマイナス電子がどうのこうのと理屈はまったく理解できませんが、これはこれでアリ。風を当てればバストアップやヒップアップ、ウエストシェイプも期待できるとかできないとか。

あーあ、買っちゃった。まんまと私の客単価がアップだよ。

沈んだ心は足先からブチ上げろ！　（2時間1500円弱）

仕事、仕事、また仕事。今日はそのうちのひとつでムカッとくることがあって、かなりイラッとしました。早々にスカッとしたい気分です。

こういう時、私の自尊心はたいてい底を突いています。「ムカッ」も「イラッ」も、不当に扱われたと感じたときに起こりやすい感情だからです。そして、心のどこかで「ああいう扱いを受けるということは、私にはあまり価値がないのかも」と思ってしまう。このままの状態を放置しておくと、ほどなくして怒りは消沈に変わり「どうせ私なんか……」と卑屈モードで固定されてしまいます。よろしくない。大変よろしくない。

とは言え、明日もフツーに仕事。無謀なことをしてストレスを発散するわけにもいきません。スカッとしながら自尊心も回復できる、なにか良い方法はないものでしょうか。

あ、そうだ。ペディキュアに行こう！

突然ひらめき、私は広尾の老舗ネイルサロンに電話を掛けました。ここに行けば、大丈夫。運良く当日の予約が取れ、私は店へと急ぎました。

十数年前、一世一代の失恋をした時にも、私はこのサロンにいました。ほとほと弱っていた私に、ネイリストさんは優しく微笑みながらこう言いました。

「女には、お金で解決できない悩みなんてないんですよ」

彼女なりのジョークだったと思います。しかし、手足の指をうやうやしく手入れしてもらったあと、私の心は少しだけ、しかし確実に上向いていました。わかりやすく大切にされるのって、凹んでいるときには特に功を奏します。

最近ではリーズナブルなジェルネイルが定番となりましたが、私はネイルポリッシュでペディキュアをしてもらうのが大好きです。時間はジェルネイルの2倍かかるけれど、物理的に動けない時間を長く作る分、気持ちがゆったりと落ち着いてくるから。

ネイリストさんと近況報告をしながら足浴をしたら、専用の器具で丁寧に爪を切ってもらいます。自分ではなかなかできない甘皮の処理をお任せし、かかとは肥厚した角質を削ってすべすべに。この時点で、私の硬くなった心もだいぶ柔らかく変化しています。

足の爪は普段の生活で人目に付かないので、大胆に色で遊びましょう。10本の指すべての爪を違う色にしたり、黒や紺など手の爪に施すには少し勇気のいる色を選んだり。Ｐｉｎｔｅｒｅｓｔのカラーチャートを見ながら、好みの配色を選ぶ楽しさと言ったら！　100以上あるネイルポリッシュを見ているだけで、心が明るく泡立ってきます。

色を決めたら、あとはネイリストさんが美しく仕上げてくれるのを待つだけ。ネイルが乾くまでは、ふくらはぎをオイルマッサージしてもらいましょう。今日は肩首のマッサージまで付けました。これ以上の贅沢はありません。これ以上、人に優しく扱ってもらえることもそうそうないよ。

乾かす時間まで含めて2時間たっぷり。オプションも付けたので、お値段は15000円弱。大満足です。だって、私の心は確実に上向きになったのだから。

すべてとは言いませんが、女にはお金で解決できる悩みがある。それを再認識した夜でした。

甘やかしの拷問とシビアな現実

（90分19400円）


ついに始まったベルコモンズの解体を見て、中年の私は少し悲しい気持ちになりました。好景気の象徴が、またひとつ街から消えてしまったからです。

私が20代の頃、金曜日の深夜にこの交差点で空車のタクシーを捕まえるのは至難の業でした。四つ角すべてに何人ものサラリーマンが立ち、何十台走ってくるうち一台あるかないかの空車を奪い合う。そんな光景を見なくなってから、随分経ちました。

しかし、今でもキラー通りがハイエンドな一等地であることに変わりはありません。

今回、私は最新のハイエンドを体験すべく、ワタリウム美術館の向かいあたりにあるヘッドスパ専門店に行ってきました。ハイソな知人がここを訪れているのをフェイスブックで見て、俄然興味が湧いたのです。

当日、外苑西通りの渋滞に巻き込まれ、私は5分遅れで店の前に到着しました。あきらかにセレブ向けな店の外観を見て、よそ行きの格好で来た機転の良さに我ながら感心します。いや、感心している場合ではない。早く行かなくちゃ。

小走りに入店すると、君島十和子似の美人セラピストさんが笑顔で私を迎えてくれました。出た、セレブサロン特有の超絶美女！　しかも近寄りがたさ2万点！　最高！

　彼女に半個室へと案内され、２ページに渡る問診票を記入します。長い。せいぜい個人情報と病歴と生活習慣と体の不調を記入する程度かと思いきや、さすがセレブ向け（と勝手に私が思っている）ヘッドスパ店、なんと整形手術の有無を記入する項目までありました。整形がヘッドスパに及ぼす影響はまるでわかりませんが、顔の皮を引っ張るのに頭皮を切るという話を聞いたことがあったような。あれは都市伝説だと思っていましたが、縫い目を揉んだりしたらマズいのかしら。それにしても、この項目に「はい」と正直に答える猛者はいるのでしょうか。

　初回なので50分のコースを予約しましたが、時間に余裕があるとのことで90分コースに変更。デコルテや足元のマッサージがつきます。ここで値段を確認しなかった私が馬鹿でした。

　案内されたのは、ベージュを基調に濃い紫でアクセントを付けた内装の個室。大人の落ち着きと高級感にあふれており、大きな5人掛けソファまである。広さにして8畳ほどでしょうか、こんなに広い個室は初めてです。

　ヘッドスパは背中と首の丁寧なマッサージから始まりました。コリをじっくりほぐしたあと、頭皮にクレンジングオイルを塗布してスチームで温めます。これが気持ちいいのなんのって。スチーム中にはセレブ御用達でお馴染みのアルガンオイルを使ってのデコルテマッサージ、スチームのあとはめくるめく魅惑のヘッドマッサージ。そして気絶するほど良い花の香りがするアロマシャンプー＆トリートメントで髪をマッサージしながらケアしたら、最後は足のマッサージ。マッサージ、マッサージ、マッサージ。視覚、嗅覚、触覚、すべてを使い、これでもかと私を甘やかす君島十和子似のセラピストさん。まるで甘やかしの拷問です。あまりの気持ちよさにエロティックな夢でも見そうになりました（本当に）。

しかし、現実はいつもシビアです。お会計は初回20％オフでも19400円。不覚にも財布に拷問をしてしまいました。残念ながらこちらのお店も、ほどなくして閉店したようです。現実はいつだってシビア。本当の好景気はまだ先なのでしょうか。

理屈好きな私の首が回るまで　（１００分１０８００円）

テレビを見ていると、私の子ども時代とは広告主がずいぶん変わったと感じます。ナショナルクライアントの出稿量は減り、ＣＭで初めて存在を知る企業も少なくありません。

先日は、タレントの佐々木希がＣＭで綺麗なバレエジャンプを決めていました。サプリかなにかの宣伝かと思いきや、それは整体院のコマーシャルでした。「テレビ広告に影響され、商品やサービスに対価を払う行為」というのを久しくやっていなかったので、試しにその整体院に行ってみました。

場所は赤坂。ラジオの仕事で週に一度は訪れる街です。店舗（調べたら２６０店以上！）によるのでしょうが、赤坂店は営業時間がすこぶる長く、朝の5時まで営業しています。22時頃に入店し、１００分のコースを受けました。体験キャンペーンなら初回40分１９８０円。キャンペーンは季節ごとに変わるようです。

その夜は前半を整体師が、後半をマッサージ師が担当してくれました。

整体師さんは20代後半とおぼしきシュッとした小柄な男性。施術台に腰掛ける私の背後に回り、むんずと肩を摑みました。骨格矯正の前にも揉まれるのかと思いきや、彼は「左右それぞれから後ろを振り返ってください」と私に言います。言われた通りにやってみると、借金もないのに私の首は思うように回りません。後ろに立つ整体師さんの肩までは見えても、顔の輪郭はまったく見えず。特に右が酷い。へぇ、首の回転にも左右差があるんですね。

次に整体師さんは私の首を触り、施術の方針を説明します。首の4番目の骨がズレているそうで、そこから首の緊張、肩の凝り、背中の張りや腰の痛みまでが繫がっているとのこと。人体模型を見せながらの解説は分かりやすく、非常に論理的。スピリチュアルが苦手（否定ではない）で理屈っぽい私は大満足です。

ボキボキやることはほとんどなく、整体師さんが細かく細かく指の腹を使って私の骨を調整します。マッサージともカイロプラクティックとも違い、まさに〝メンテナンス〟と呼ぶにふさわしい施術。自分が車かなにかになったような気分です。整体師さんはさしずめ整備士さんでしょう。

「はい、それではベッドに腰掛けて」の声で体を起こし、先ほどと同じように後ろを振り返れば……驚いた、今度は整体師さんの鼻まで見えるではないか。こうやって目に見える変化を見せてもらえると、満足感がグッと上がりますね。

後半のマッサージも強めで大変結構。20分延長して10000円超えとなりましたが、体は随分楽になりました。ベッドが狭いのでぐっすりはできないものの、理屈が安心材料になる方には特にオススメです。

帰り際に施術者さんを紹介するボードを見たら、私を担当して下さった方の名前の上に「夜勤の店長」とありました。営業時間が長いお店ならではだと思いますが、響きがちょっと怪しくていいですね。

1・5センチで眠りを変える　（1個2700円）

体力減退の一環でしょうか、40代に入り睡眠不足による不調が顕著になりました。寝不足の翌日は、ほとんど使い物になりません。十分に胃腸が休まらないからか、歯を磨いても口が臭い気さえする。そんなことあけすけに書かなくたっていいんだけれど、中年になったら思ったことが全部口から出てくるようになっちゃったんだから仕方ありません。

20代の頃は10時間でも12時間でもぶっ通しで寝られましたが、残念ながら40代は眠りの浅さや入眠の難しさを知るお年頃。そうなると、快眠グッズに手を出したくなるのが自然の摂理です。長く眠れないならば、短時間で効率よく眠りたいではありませんか。金で睡眠を買うのです。

私は欲深い中年です。眠りクオリティーを向上させ、同時に首の凝りも軽減させたい。ならばいっちょ枕を新調しようと、先日は広尾駅そばにある「ねむりの相談所」なるところへ出向きました。こちら某有名寝具店のサテライトショップでして、その人に合った枕をその場でカスタマイズしてくれます。枕の高さ、中身、形状などをプロの診断で組み合わせていくのです。

まずは温度計のような棒がいっぱい刺さった器具で首の後ろのカーブを測り、次に綿やそばがらなど6種類の硬さの異なる素材から、枕の中身と高さ（低・中・高）を選びます。スポーツ選手など筋肉が多く体の厚みがある人（つまり男性）の方が、高い枕を好む傾向にあるそうです。

ベッドに横になり、店頭に並ぶ大量の枕のうちいくつかを試してわかったことは、私は柔らかくて低い枕を心地よく感じるということ。いま使っているものも、どちらかと言えば薄い枕です。ならば新調しなくてもいいかしら？

「ちょっと考えますね」と起き上がろうとしたら、真剣な目のアドバイザーさんが「少々お待ちください」と言い残し消えました。サッと戻ってきた彼女の手には、厚さ1㎝ほどの布製の板が数枚。大きさはどれもハガキ大です。

「首の隙間があと1～2センチ埋まった方が、負荷が掛からないと思います」

え。童話「えんどう豆の上に寝たお姫様」じゃあるまいし、1～2センチなんてわからんでしょ。そう思いつつ、されるがまま首の下に板を入れてもらうと、あら不思議。1センチでは物足りず、2センチでは圧迫感を感じます。「1・5センチですね……」と神妙な面持ちのアドバイザーさん。そんなに細かく刻んでくるのか！

ここでは仰向けでも横向きでも心地よく眠れるベストな厚さを、最大6箇所で調整できるそうです。試行錯誤の末、左右下部3センチ、首下1・5センチ、左右上部2センチアップが私のベスト枕と相成りました。たっぷり時間をかけて調整し、その日のうちに持ち帰りが可能なのも魅力です。そう、結局は買ってしまったのよ。お値段は27000円と決して安くはありませんが、購入後も自宅のベッドで不具合を感じたら、いつでも再調整してくれるとのことでした。アフターフォローも万全です。

結果、ニュー枕の寝心地はなかなか快適でした。もっと前に買っておけばよかった。

頭痛と小顔

（6回40000円強）

前々回ご紹介した、佐々木希がCMに出演している整体院に通っています。佐々木さんには1ミリも近づいておりませんが、体は快方に向かっています。

2度目の来店時、すぐ筋肉が固まってしまう私の体を見かねた施術者さんが「3〜5日のうちにまた来てください！」と真剣な顔で言うので、6回で40000円強の回数券を購入しました。個人的には過去最高額の回数券です。「これは勧誘マニュアル？」と一瞬不安を覚えましたが、会計時に居合わせたほかのお客さんは2週間後に予約を入れるよう言われていた。単に私の体が酷いだけのようです。がっくし。

根が真面目なので、言われた通り5日後に再訪しました。なるほど、短いスパンで通うと元の木阿弥になりづらい。痛みもそれほど酷くない。週に1度でも分不相応な贅沢をしている後ろめたさがありましたが、治療と考えれば効率良く治すに限ります。「自分にご褒美」と同様、最強のエクスキューズを手に入れた気分です。これは、あくまで治療！

ずいぶん体が楽になったある日、私は調子に乗って半徹夜を2日続けてしまいましない。血行を促進すると悪化する片頭痛と、血行を促進しないと悪化する緊張型頭痛の同時多発です。行くも地獄、戻るも地獄。市販の薬はまったく効きません。ひとまず首のつまりを解消せねばと、私は赤坂店に駆け込みました。施術者さんは頭痛の私に「小顔コース」を勧めました。いや、確かに小顔は魅力的だけど、そんな悠長なことを言っている場合ではないのだ若者よ。今は小顔よりも頭痛を……。そう思う心が見透かされたのか、施術者さんから「ヘッドマッサージとクリームを使った首筋と顔面のマッサージですよ」と畳みかけられました。うん、では、それでお願いします。

通常は顔面に割く時間が多いと思われる30分のコース、カスタマイズして首と頭を徹底的にほぐします。これが痛いなんてもんじゃない。悶絶に次ぐ悶絶で気絶しそうになりました。ここも地獄か！

30分後、耐えた甲斐あって首も頭皮も柔らかくなり、頭痛もかなり減少しました。あー良かった。これでなんとか今日を乗り切れる。ホッとしたのも束の間、帰り際に「早めに次の予約を！」と施術者さんの鋭い声。わかってる。また戻ってしまうものね。私はおとなしく3日後に予約を入れました。

帰宅して鏡を見たら、顔が少し小さくなっている。小顔コースに嘘はないのだな。思わずひとり笑ってしまいました。

それにしても、この「小顔コース」という名前をどうにかして頂けませんかね。他のお客さんに聞かれるのがすっごく恥ずかしいんですよ。「このおばさん、小顔になりたいんだ……」って思われているようで、とてもツライ。

青春を買い戻せ（1台10万円ちょい）

10年以上乗っている自転車を仕事場専用にし、自宅用にもう1台新しいのを買うことにしました。

頃合いよく近所にサイクリングショップが開店したので立ち寄ると、驚いたことに店頭に並んでいるのは電動アシスト自転車ばかり。不勉強でした。今はこれが売れ筋なのね。

かく言う私も、実は電動アシストタイプを第一候補に考えていました。運転免許を持たない私にとって、それは自動車やバイクに最も近い乗り物であり、自らの運転でグッと遠出しやすくなりそうで魅力的。子どもを運ぶためでなく自分が楽をするためなのが少々後ろめたくもありますが、ここは厚かましく生きていきたいと思います。

電動アシスト自転車は、想像以上にバリエーションに富んでいました。ママチャリ系を筆頭に、車輪の小さな街乗りタイプ、レトロ調、スポーツタイプなどなど。色も豊富で、白、黒、紺、ベージュといった落ち着いたものから、彩度の高いオレンジやグリーン、赤、ピンクもありました。パッと見は電動アシストとは気付かぬほどおしゃれです。

自転車産業振興協会のサイトにあるレポートによると、チャイルドシートが設置できる電動アシスト自転車の売上台数は引き続き上昇基調にあるものの、いずれ頭打ちになると予想されているらしい。それを見越したメーカーが新たな市場開拓に乗り出しているそうで、どうりで私のようなひとり者が目移りする商品ばかり並んでいるわけです。

決して安くはない電動アシスト自転車。必要に迫られて購入する親御さんと違い、子どものいない中年の財布を開かせるには、色やデザインでのアピールが有効なのでしょう。デザイン推しに引っ掛かる中年なんて、いつまでも若々しいと言えば聞こえは良いですが、どこまでも浮ついていると言った方が適切な気も。私のことです。

店員さん曰く、パナソニック、ＹＡＭＡＨＡ、ブリヂストンなどメーカーによって乗り心地に差があり、特にペダルを踏んだ時にアシストが反応する速さに違いが出るとのこと。好みもあるので、メーカー違いでいくつか試乗を勧められました。

いざ、と跨り漕いでみれば、車輪は思いのほか力強く前に進みました。そのあとはスルスルとなめらかに。まるでカゴにＥＴでも乗せたかのような軽やかさです。グイッとペダルを漕ぐたび頬に風を受け、甘酸っぱさに胸がキュウと締め付けられる。なんか、青春！

自転車は、思春期と親和性の高い乗り物です。体に受ける疾走感が、とかく学生時代の日々を思い起こさせる。嬉しいことがあった時、嫌なことがあった時、自転車を漕ぎまくった思い出が私にはたくさんあります。しかし、疾走するには体力がいる。そしてその体力が、今はない。失った体力は失った若さとほぼほぼ同量。それを電動でアシストするのはチート行為ですが、この万能感を金で買えるなら万々歳！　自己拡張アシスト！

踏み込んですぐアシストが作動するYAMAHA製を購入以降、私はいろいろな場所へ出向くようになりました。深夜に宛てもなく1時間ほど乗り回せば、親の目を盗んで悪いことをしているようなスリルさえ感じて、ただただ、楽しい。シンと冷えた静かな街の空気に心も躍ります。

不覚にも落ち着いてしまった子どものいない40代女性にこそ必要な乗り物、それが電動アシスト自転車です。まるで高校生に戻ったような気分になれますよ。一緒にチートしましょう。

友達のお母さんが金属の棒で
（100分16200円）

　正月は休むべし。そんな当たり前のことが当たり前でなくなって、しばらく経ちました。

　一方、2018年から三越伊勢丹HDが正月三が日を休業することを検討すると宣言し、世間を賑わせました。上層部の決断は大英断だったと思います。正月はできるだけ休む。やはりそういう世の中であって欲しいものです（のちに残念ながら断念）。

　以前は小売り業に従事していたこともあるので、館の都合で元日から働かされるテナントの苦労はよくわかります。

　が、しかし。誰がどんな大英断をしたところで、元日には絶対休めないサービス業もあります。そのひとつがホテル業です。当然、ホテルに入っているマッサージ店も、元日から営業するハメになります。好むと好まざるとにかかわらず、道連れで開店しなければならないのがテナントの定めでしょう。

　営業するからには、売上が立たないと店もつらかろう。新年早々開店休業では縁起も悪い。そう思った私は、品川の某ホテル内にあるリラクゼーションサロンを元日当日に予約しました。予想に反し、宿泊客のお陰か予約はかなり埋まっておりましたが。夕方、私が品川駅に着くと、駅前は海外からの観光客でごった返していました。その数があまりに多いので、まるで私が異国に紛れ込んだようです。

活気あふれる人波を掻き分け、たどりついた先はアイケアを前面に打ち出したサロン。眼精疲労が溜まりまくったまま年を越した私にぴったりです。40歳を過ぎると、すぐ目がしょぼしょぼするので困ります。

店のインテリアは手作り感覚にあふれており、迎えてくれた担当者の男性セラピストさんの声はとても柔らか。男性ながら、「友達の上品なお母さん」といった風情です。正月早々働かされて、どうしてそんな優しい物腰でいられるのか。徳の高さに頭が下がります。

その声に誘われるまま、私は高級リクライニングチェアに横たわりました。嗚呼、ふかふかでファーストクラスの椅子みたい！　ファーストクラスなんて乗ったことないけれど、多分こんな感じでしょう。でもタオルの色がちぐはぐで、本当に友達の家へ遊びに来たような気分になってきましたよ。

アットホームな雰囲気とは裏腹に、施術は見たこともない金属の器具を使って行われます。強力な磁気を帯びている（らしい）棒のような物体で、頭、顔、首、肩、背中上部、そしてふくらはぎから足裏まで、くまなくツボを刺激するのです。その間、私は高濃度酸素を吸い込みながら夢と現実を行ったり来たり。これ、ＰＣやスマホで目を酷使している女性なら誰もが寝落ちしてしまうのではないかしら。

たっぷり１００分、１６２００円。少々値は張りますが、謎の金属器具を使っているのだから、まぁ妥当としましょう。技術的にはまったく文句の付けどころのないお店でしたが、ＰＯＰやチラシの手作り感がホテル併設サロンとは思えぬインパクトで、強く印象に残りました。

施術が終わりセラピストさんに尋ねてみると、店舗は直営ではなくフランチャイズとのこと。なるほど、手作り感はそこからくるものだったのですね。納得です。

ブランドバッグよりマッサージチェア（一台30万円超）

洗濯機が悲壮な音を奏で始めたので、家電量販店へ行ってきました。実家で長年使っていたものなので、かれこれ20年もぐるぐる回っている。そりゃあボロくもなりますね。私も働き始めて20年、まったくもって他人事ではありません。

量販店では、洗濯機コーナーの奥にマッサージチェアが並べられていました。いままでその存在にさえ気付かなかった、興味のないスペースです。だって機械だもの。

しかし今日は歩き疲れたな。どっこいしょっと。家具屋でソファに腰掛けるような感覚で、私はマッサージチェアにストンと腰を下ろしました。

2分後、私の体は衝撃のあまり、いえ、快感のあまり動けなくなっていました。ちょっと、いつの間にこんなに進化したの？

約20年前、我が家にも父が道楽で買ったマッサージチェアがありました。二つの玉が背中をゴロゴロと押すだけのシロモノでした。が、しかし。21世紀の私の背中を、足を、腕を、肩を温めながら揉みしだくそれは、明らかに下手な施術者のマッサージより上手い。細部にこだわり、技術の発展に命を懸ける日本人魂がモンスターを生んでしまったのです。

両肩を包み込むように揉まれつつ、肘下から手首のあたりをゆっくり指圧されながら（機械に！）私はＡＥＲＡの特集「ＡＩ（人工知能）に奪われる仕事」を思い出していました。あの特集で、マッサージ師は10〜20年後に無くなる仕事にも、残る仕事にも入っていなかった。しかし、これはマズイ。こんなものが家にあったら、セラピストの仕事が減る。いや、むしろこのチェアを10台並べて安価で客を取る商売を始めた方が……。

洗濯機よりマッサージチェアにぐらぐら心を揺さぶられ、しかし置く場所もないと天を仰いだところに価格の札がペロン。お値段、35万６８２０円。解決できる金にも限度ってものがありますよ。ハイブランドのバッグかいな。

そうボヤいて量販店を後にしたのは半年前のことでした。相変わらず週イチのマッサージは続けているけれど、ほぐされる以上のスピードで仕事が私の体を硬くします。賢者ならば、ここで「やはり運動だ！」となります。愚者は「マッサージの頻度を上げよう！」となります。私は後者でした。

私、やってしまったんです。このマッサージチェアを、買ってしまったのです。

もちろん、何度も迷いました。未練がましく家電量販店に通っていたら、しばらくして型落ちし、値段が下がりました。私も引っ越しして寝室が少し広くなりました。いろいろと条件が整ってしまいました。ガーン。

結論から言うと、マッサージチェア最高。あそこで買った自分、えらい。毎朝、目が覚めた途端に寝間着のままチェアになだれ込み、スイッチひとつで全身を揉まれる幸せ。帰宅後すぐ、浮腫んだ足をほぐされる贅沢。好きな所だけ何度も繰り返す背徳感。私は揉まれ貴族になったのです！

確かにマッサージ店へ行く回数は減りました。しかし、人の手の温かみや微調整に勝るマシンはありません。大丈夫、ＡＩがどんなに幅を利かせても、マッサージ業界における人の手の需要がゼロになることはないでしょう。機械はこちらの心までは癒してくれないのだから。

コラム　女を癒すのは女

「この都会（まち）は戦場だから　男はみんな　傷を負った戦士」

子どもの頃、ザ・ベストテンで岩崎宏美はそう歌っていました。名曲「聖母（マドンナ）たちのララバイ」の一節です。

大人になってみたら、なるほどこの都会は戦場だ。しかし、そこには男戦士だけでなく、傷を負った女戦士もたくさん横たわっているではありませんか。我が身を振り返って見れば、あっちの傷が癒えないうちに、こっちにも傷が付いちゃってる。えー僭越（せんえつ）ながらワタクシどもも戦士でもありまして、生まれ変わって男戦士の母になるヒマも余裕もございません。ごめんね、こっちも今日の疲れを早めに取り除かないとならないの。だって明日もこのバトルフィールドで、あなたたちと同じように見えない敵に戦いを挑まなければならぬのだから。

羨ましいことに、都会には先輩戦士である男性陣（特に異性愛者）を癒す場が多く存在します。今宵も日本中の繁華街で聖母たちが傷ついた彼らを待っていることでしょう。例えばキャバクラ、スナック、ガールズバー。美しい異性に話を聞いてもらいながら飲むのが癒しになる人もいるなんて、ホストクラブに興味がない私は羨ましいよ。だいたい、ホストクラブは法外な値段だと聞きます。もっと安価な、女性用ボーイズバーみたいなものはないのかしら。いや、ちょっと待って。私は別に、イケメンに話を聞いてもらいたいわけではなかったわ。

そもそも、職場という戦場では、戦士のマジョリティーが男性です。持ち場から離れ自分自身に立ち返る時ぐらい、気心知れた（＝同じ問題を抱えたことのある）同性の気遣いに触れたい。私はそう思います。飲み会の参加者が男だけだと「誰か女を呼んで」と言う男性がいらっしゃるそうですけれども、あれ不思議ですね。女同士で飲み食いしてて「女ばっかりか、シケてるな。誰か男を呼んでよ」なんて声、聞いたことがありませんから。

男性をひとまとめにし、まるごと嫌悪しているのではありません。話を聞いて欲しい相手に性別は関係ない。そう、「話を聞いて欲しい時」には。

さて、口を開くのも億劫になるほど傷ついた女戦士たちは、どこで羽を休めたら良いのでしょうか。

異性愛者である私が鎧兜（よろいかぶと）を脱ぎ、とことん疲れた体と心を癒したいと願った時。倒れ込む先は、慈父たる男の腕の中でも、聖母の膝の上でもありません。目指すは戦場に点在する野戦病院です。院内には、優秀な同性の衛生兵たちが私を待っています。衛生兵は退役軍人であると尚嬉しい。

私個人の指向ですが、セラピストさんと互いの心のうちを晒すのはあまり好きではありません。「わかるよ、その痛み」と言葉には出さず、優しく肩に手を掛け癒して欲しいのです。悩みを抱えた男同士が飲みに行っても、打ち明け話をせず気を紛らわせるのと少し似ているかもしれません。人間関係は言わなきゃわからないことばかりだけれど、たまには言わないでもわかって欲しいと思いますもの。

そんな気持ちを掬(すく)ってくれるのが、退役軍人セラピストさんたち。事実、元軍人の衛生兵、つまり社会の歯車よろしくゴリゴリとその身を削りながら働いていた女性たちが、女を癒す業種に職を変えたという話をよく聞くようになりました。サービスを受けていた側がサービスを施す側に転じるなんて、なかなか良い話ではありませんか。

「会社のために」よりも、まず「あなたのために」。個体差はあれど傾向として、女性には労(いたわ)りあうコミュニケーションが存在する。私はそう信じています。「女の敵は女」ですって？　ご冗談を。女を癒すのは、女です。その点、男性は同性同士競い合わなきゃいけないように社会から設定されてるのでキツいですね。そう考えると、反論しない女のところへ駆け込み、ちょっと威張ったり、弱音を吐きたくなる気持ち、理解できなくもありません。

《文庫書き下ろし》

子どもの私と大人の私

30分4860円

『今夜もカネで解決だ』の単行本を発売してから、早3年。文庫化にあたり、新たなリラクゼーション体験記を書き下ろして欲しいと、文庫担当編集の方からリクエストをいただきました。いやぁ、申し訳ない。最近は筋トレのほうにシフトしてまして、あんまり新しいとこ行ってないんですよねエへへ……なんて答えたけど、嘘。大嘘でした。

念のためにとホットペッパービューティーの予約履歴を確認したところ、連載時より頻度は落ちたものの、私はまだまだ行ってる。月に一度は新規開拓してる。重度のリラックスしたすぎ病に、罹患しているのかもしれません。

さて、筋トレ（というほどハードではないけれど、ある種の運動）を始めてからというもの、首から下のコリは断然マシになりました。「すこぶる良くなった」とは言わないが、「マシになった」とはハッキリ言える。

ではなぜ、私はまだリラクゼーションサロンに足を運ぶのか？　それは、サロンで癒されるのは体だけではないからです。心も同時に満たされ、癒され……というのもありますが、もっと実務的な話をするならば、筋トレをしても追い付かない部位があるから。

具体的には、頭が凝る。正確に言えば、パソコンでの作業時間が長すぎるゆえの目の疲れからくるコリ。最低でも月に一度は、無性に頭皮を揉みしだかれたい欲求がムクムクと湧きあがってくるのです。

よって、予約履歴の多くはヘッドスパ関連でした。今回は、その中でもかなりディープな体験をしたお店をご紹介したいと思います。

某月某日、夜8時。いつものように仕事を終え、家路についた私の頭は激重でした。幸い頭痛にまでは至っていないけれど、これは確実に「くる」タイプの重さ。よくない。よろしくない。早めに手を打たないと、寝付きまで悪くなってしまいます。

ポケットからスマホを出し、ホットペッパービューティーのアプリを立ち上げましょう。そうそう、私事ですが、連載中に住んでいた家から引っ越したんですよ。仕事場の最寄り駅からニュー我が家の最寄り駅までのあいだには、リーズナブルで気取りのないリラクゼーションサロンがわんさかある。ありがたいことです。今夜は御徒町あたりで途中下車してみようかしら。なぜって、以前から気になって仕方がなかった、アーユルヴェーダ式ヘッドスパサロンがあるから！

お、30分4860円のメニューならクーポンがある。ホットペッパービューティーよ、いつもありがとう。この場を借りてお礼申し上げます。

さて、私が気になって仕方なかったこのサロンは、建物の構造がかなり特殊。1階は施術者さんから肩首・背中の揉みほぐしもしてもらえる足湯カフェで、2階がアーユルヴェーダサロン。まずは、1階で足湯に浸かりながらカウンセリングです。意外とじっくりやりました。

インド発祥のアーユルヴェーダでは、体にはカパ（水）、ピッタ（火）、ヴァータ（風）という3つの体質があるとされており、オイルを使ったほぐしなどでそのバランスを整えるのが、日本で多く見られるアーユルヴェーダサロンの特徴。

アロマオイル系サロンのカウンセリングでは、身長や体重（いつも思うけど、なぜこの2つが必要なの？）と、体調や悩み、化粧品でかぶれたことがあるかなどの質問が書かれた紙を記入したら、それでおしまい。しかし、ここでは「怒りっぽい」「くよくよしやすい」「疲れやすい」「油物が好き」など（だったと思う）、30以上の性質に対し、子どもの頃はどうだったか、大人になってからはどうか、を答えていきます。

一見するとアットランダムなカウンセリングシートに書かれた性質の数々、実は、ピッタ、カパ、ヴァータの体質がそれぞれ持つとされる要素なのです。この結果が、実に興味深いものでした。

私は暑いのが苦手で食欲が旺盛、どちらかと言えば積極的で激しい。だから、自分のことを「火」の性質を持つピッタだとばかり思っていました。しかし、ゆっくり考えながら質問に答えていたら、子どもの頃の私は、今とは違ったような。なんと、ピッタ的な性質の多くは、後天的に備えたことがわかりました。

振り返るに、子どもの頃の私は、のんびりして欲がなく、競争も苦手。つまり「水」の性質を持つカパの要素を多く持っていました。いまでもその要素は持ち合わせており、ドーシャもどれかひとつに決まるというものでもありません。ですが、施術者さんに「子どもの頃の自分とは違う性質を、後から身につけたことによるストレスがあるのかも」と言われ、おお、そういう考え方もあるのかと、ちょっと腑に落ちました。

確かに、私は子どもの頃の弱っちい自分を鍛えたフシがある。苦手を克服したのは誇りだわ、ぐらいに思っていたけれど、もしかしたら無理を強いていたのかも？ 小さな頃の自分が、ちょっとかわいそうになりました。

なるほど、私はカパだったのか。ピッタにはスタイルが良い人が多いと言われているのだけれど、道理で私がそうじゃないわけですよ。ちなみに、カパの人はがっしりと体格が良く、大柄で、腰回りが大きいらしい。完全に、私！

牛乳瓶一本分くらいの超濃厚なオイルを使ったのには驚いたけれど、ヘッドマッサージは力も強く、非常に満足のいくものでした。不覚だったのは、そのあと洗い流さないで帰されるところ。ベリーショートでもない限り、このあとに予定を入れるのは難しいかもしれません。ボブヘアの私は、オールバックのチャイナマフィアのようないで立ちで、仕方なくタクシーで帰宅しました。

施術者さんのアドバイスは、「とにかく水を出せ」でした。水を出しながら、頭に溜まった火を出すんだって。難しいね！

文庫版おわりに

単行本を読み返す前から、こうなるであろうことはわかっていました。なぜって、すべては栄枯盛衰だもの。

つまり、文庫版を出す頃には、いくつかのサロンはすでに閉店しているだろうこと。その予感は、残念ながら当たってしまいました。志はとても高いけれど、このままだと商売としては難しいかな……と勝手に危惧していたお店の多くは、インターネットで検索しても名前が出てこなくなりました。あとひとつ、差別化できるサービスがあればよかったのに。もう少し、値段を高く設定してもお客さんはついてきただろうに。サロンを運営したこともないのに、閉店した本当の理由もわからないのに、私はコンサルタント気取りで思いをめぐらせました。

ところがどっこい、ここは続かないでしょと高を括っていた店のいくつかは、今でも意外と健闘中。施術内容が変わったのか、テナント料が意外と安いのか、それとも私の見立てが悪かったのか。どちらにせよ、喜ばしいことです。

私は心から、ひとつでも多くのリラクゼーションサロンが、施術者にまっとうな賃金を支払いながら生き延びて欲しいと思っています。だって、リラクゼーションサロンは都会の野戦病院みたいなものだから。体と心を同時に癒す場所だから。女の手に職を与え、雇用を作り出す場所だから。

本作は、私の個人的な趣味であるリラクゼーションサロンめぐりについて、好き放題に綴ったものです。レビューの体裁をとりつつ、手を使って女が女を癒すことについて、女が自分を癒すためにお金を使うことについて、そして、女が独立できる可能性が高い小さな商売について考えてみました。

いつの間にか寿命は100年まで延びているし、日本の経済が飛躍的に改善する要因はいまのところ見当たらないし、毎日ちょっとだけ不安、ちょっとだけ荷が重い、ちょっとだけため息が出る。そんな生活が当たり前になってきましたが、「ようし、頑張るぞ！」の前に、まずは体と心をゆっくり癒したほうがいい。頑張れない時に必要なのは、無理をすることではなくて、癒されることだと思います。

先立つものがない？　40分2000円台のほぐしサロンが駅前にありませんか？試しに行ってみてはいかがでしょう。人の手に触れられることが生理的に無理でなければ、一度トライする価値はあります。

あなたの体を楽にしようと、誰かが心技体を尽くしてくれることの心地よさを知って欲しい。それが次の活力になること、あなたのリラックスした表情が、施術者の活力になることを知って欲しい。そうやって、カネと活力を循環させていこうではありませんか。

最後に、もしあなたの職業が施術者だとしたら。

いつも本当にありがとうございます。あなたたちのおかげで、私を筆頭に、冷えた体とみじめな気持ちのまま、朝を迎えずに済む人たちがたくさんいます。どうか体を壊さずに、末永く楽しく続けてくださいますように。

解説

サロンではわがままになっていいんです

（154ページにも登場する「神の手」を持つHさんが本書の感想やセラピストという仕事について語ります）

〝あるある感〟が満載で面白かった単行本『今夜もカネで解決だ』の文庫版が出るということで、改めて読み返したら、やっぱり「わかるわかる！」の連続でした。個性豊かなサロンの良いところも悪いところも鋭く観察している、ジェーンさんの心の声が聞こえてくるようで、施術する側とされる側の様子が目に浮かびます。「六本木で生姜天国！」「麻布十番で生姜地獄！」のところは、私もまったく同じ熱い経験をしたことがあるので、思わず吹き出してしまいました。ジェーンさんが絶賛している渋谷の桃源郷のようなお店も、気になって行ったんです。こちらの要望に合わせてメニューをカスタマイズしてくれて、おしぼりやお茶も用意してくれるサービスの行き届いたところで、さすがジェーンさんが認めるだけのことはあるなと満足できるお店でした。

ジェーンさんとはじめてお会いしたのは、7年前になります。その時は、多くを語らないけれども「何かを探して、何かを求めている人」という印象を受けました。私も話すのは得意ではないので、会話は必要最小限にして施術はきっちりやりました。それが良かったのでしょうか。私が別店舗に移ってからもご指名で予約をいただいた時は、とても嬉しかったことを覚えています。

私自身もリサーチ目的で他のサロン巡りをしたり、いろいろな方と情報交換をしたりしていますが、8割の方が満足できずに帰っているように思いました。でもこれは、同業者で長くやっている人にとっては周知の事実。お客様のニーズに応える施術と接客ができるお店は本当に少ないのです。ジェーンさんも、本書で取り上げたサロンのいくつかはすでに閉店していると書いていらっしゃるように、この業界で生き残っていくためには、お客様に選ばれる必要があります。だからこそ、サロン通とお見受けしたジェーンさんのような方に指名していただけるのは、セラピスト冥利に尽きるのです。

身体は嘘をつきませんから、触っているとその人の心理状態がわかります。お客様はみなさん、自分がやっていることを周りに認めてもらえると、心が落ち着くようになります。そうすると、身体も素直にわかりやすく変化していくのです。人間の身体には、大きく分けると、「身体の使い方による癖、食生活の癖、心の癖」の3つの癖があります。なかでも最近目立つのは心の癖がある人。たとえば完ぺき主義の人の場合、自分の思い通りにならないとイライラして、神経を使いすぎて身体がガチゴチに固まっているのが特徴です。身体の使い方による癖がある人は、偏った筋肉の使い方をしている人や、ケガをしたことがある人です。40代から50代で急にトライアスロンをはじめるような人も癖が出やすいですね。一番見分けるのが難しいのは食生活の癖で、なにげなく好みの食べ物の話をしてみると不摂生をされているとわかる方が本当に多いです。ラーメンばかり食べている人や間食の多い人に「痩せられない」と言われても、セラピストにできることには限界がありますので……。

会話の中で、そのようなお客様の癖を知り、症状に合わせた施術をすることが、この仕事の難しいところでもあり、やりがいを感じるところでもあります。どんな癖がある方でも、なるべくムダ揉みを減らして、より短時間で効果的な施術法を探していくのが、プロの腕の見せどころです。ただ最近は、120分以上の長い時間の施術を求める方も増えています。デジタル社会の影響なのか、肌に直接手を触れて揉みほぐす気持ち良さをずっと感じていたい方が多いようです。

セラピストの役割は、目には見えない身体の奥にある問題を読み取って、適切な対処法を考えることです。そこに正解はないし、終わりもないけれど、むしろそれが面白くて何年続けていても飽きないのかもしれません。

ジェーンさんが本書の最後に、「リラクゼーションサロンは都会の野戦病院みたいなもの」と書いてくださっているところが、私はとても気に入っています。うちのサロンもまさに野戦病院。さまざまな戦場で戦っている方々が来てくださっています。

サロンでは、わがままになっていいんです。職場や家庭で我慢していることがあっても、サロンに来たら素の自分になって、本来の自分を取り戻す。そのお手伝いをするのも、私たちセラピストの仕事だと思っています。

私のお客様の中には、家族にも友人にも言えないことを話される方もたくさんいらっしゃいます。「親の介護と仕事でヘトヘトになっても、誰からも感謝されない」とおっしゃる年輩の女性もいますが、私には施術と話を聞くことしかできません。でも、何を話しても許してくれて、自分を受け入れてくれる場所があるだけで、安心できることってありますよね。仕事も家庭のことも放り出すわけにはいかないけれど、気持ちを切り替えないと明日から頑張れない。ほとんどの方はそのような思いを抱えて、気分転換のためにサロンを訪れてくださっています。

私が関西でセラピストになった18年前と比べると、時代の変化も感じます。当時は、心身のバランスがとれている方がほとんどで、日常的に身体を動かす習慣があったせいか、みなさん筋肉もしっかりついていました。ところが、その3年後に上京してまず驚いたのは、東京は華奢な方が多いことでした。その後も、デスクワークが多く運動不足の方が増えて、フットマッサージ中もスマホを手離さない方も目立ちます。身体は動かさないのに、頭は無意識のうちにずっと動いている状態です。すると、心身のバランスが崩れて自律神経が乱れ、免疫力も下がります。そういった症状に対して、施術で何ができるか考えることが、これからのセラピストにはますます求められると思います。

時代の変化について言うと、もうひとつ、高齢化の問題も無視できません。私のお客様には、90代のいまも現役で働いている方がいます。職場では元気にふるまっているようですが、サロンに来ると痛いところをたくさん訴えられます。でも、ほとんどは老化現象ですから、施術でできることを日々研究しているところです。マッサージは他動的な運動療法でもあるので、筋肉が衰えた高齢者の内臓機能を高めるために刺激を与えることが有効です。そのように、お客様の体調を少しでも整えるお手伝いもこれから増えていきそうです。年齢にかかわらず、やはり筋力は大事です。ジェーンさんがはじめられた筋トレの習慣は、ぜひ続けてほしいですね。

最後になりますが、この本は、毎日多くのお客様と向き合っているセラピストへの応援歌でもあります。ジェーンさんが書いているように、「女の敵は女」ではなく「女を癒すのは、女」。そして、私たちもお客様に元気をいただいているのです。ジェーンさんのご友人のセラピストが、「こんなにわかりやすく人に喜んでもらえる仕事は、なかなかないよ」とおっしゃっているように、これほど日々感謝される仕事は他にないと思います。私も、「あなたがいてくれてよかった」と言っていただけて、オンリーワンになれるこの仕事に誇りを持って、これからもますます精進していきます。ジェーンさんも、筋トレはぜひ続けていただきながら、またうちのサロンへお越しいただけると幸いです。このたびは、文庫解説者としてもご指名をいただきありがとうございました。これからもよろしくお願いいたします。

（取材・構成　樺山美夏）

マネジメント　市川康久（アゲハスプリングス）
JASRAC 出 2000483-001

揉（も）まれて、ゆるんで、癒（いや）されて　朝日文庫
今夜（こんや）もカネで解決（かいけつ）だ

2020年2月28日　第1刷発行

著　者　ジェーン・スー

発行者　三宮博信
発行所　朝日新聞出版
〒104-8011　東京都中央区築地5-3-2
電話　03-5541-8832（編集）
03-5540-7793（販売）
印刷製本　大日本印刷株式会社

Published in Japan by Asahi Shimbun Publications Inc.
定価はカバーに表示してあります

ISBN978-4-02-262002-6
落丁・乱丁の場合は弊社業務部（電話 03-5540-7800）へご連絡ください。
送料弊社負担にてお取り替えいたします。

林 真理子
マイストーリー
私の物語

自らの欲望をさらけ出し、のし上がろうとする女、知らずにのみこまれていく男――出版をめぐる人々の愛と欲望と野心を鮮やかに描く衝撃作。

上野 千鶴子
女ぎらい
ニッポンのミソジニー

家父長制の核心である「ミソジニー」を明快に分析した名著。文庫版に「セクハラ」と「こじらせ女子」の二本の論考を追加。《解説・中島京子》

川上 未映子
おめかしの引力

「おめかし」をめぐる失敗や憧れにまつわる魅力満載のエッセイ集。単行本時より一〇〇ページ増量！《特別インタビュー・江南亜美子》

大庭 みな子
津田梅子

日本初の女子留学生として渡米し、帰国後は日本の女子教育に身を捧げた津田梅子。津田塾大学の創始者の軌跡を辿る。《解説・髙橋裕子》

朝井 リョウほか
作家の口福
おかわり

二〇人の作家が食で競演！ するめの出汁、鯛素麺にビーカーコーヒーまで、それぞれの人生に輝く「味」を描く。極上のアンソロジーエッセイ集。

よしもと ばなな
ごはんのことばかり100話とちょっと

ふつうの家庭料理がやっぱりいちばん！ 文庫判書き下ろし「おまけの1話」と料理レシピ付きのまるごと食エッセイ。